野貓阿健

野良猫ケンさん

村松友視

王淑儀——譯

目次

野良猫ケンさん

封面及內頁繪圖 和田誠

前言

我們搬到現在這間房子來時，這一帶——從吉祥寺站往北約兩公里，東邊的土地仍是廣大的原野，附近住家都是非常老舊的建築，不明所以地飄散著一股蒼鬱的氛圍，不過也因此，算得上是適合野貓棲息的空間四處散落，野貓因而得以與人類生活取得微妙的間隔。

野貓在各自的領域與時段中自在行動，可不知是否出於對我們這兩個新住民保持警戒的關係，一開始牠們不怎麼願意靠近我們。我對這些野貓多多少少有些興

趣，然而太太卻對牠們視若無睹。據我觀察，大概是她生長環境與貓無緣所致。

我從小就在靜岡縣的清水港附近、四處有貓的地方長大。我與祖母兩人住在八幡神社的後方，在我們那飄散著適合貓兒居住的氛圍的家裡，有隻名為阿玉的母貓，原本是混跡附近的野貓，不知何時開始住了進來。

阿玉從一開始便跟我很親近，卻對祖母保持著微妙的距離。因為牠每次生了小貓，祖母便會將牠的孩子抓去外面丟掉，阿玉一定都看在眼裡。

即使如此，每當我憶起祖母坐在神壇前的火缽旁，眼睛盯著天花板，散發出獨特的虛無感時，身旁必定蹲著阿玉，簡直就像是一幅畫般的風景。

直到高中畢業為止，身邊一直有阿玉陪著我。是後來考上大學在外租屋、工作後住在公寓、結婚後租了棟小屋……這一段時間裡才完全與貓無緣。

我與貓的緣分再次牽起是在婚後搬到吉祥寺的家之後又過了一陣子的事。

當時我任職於出版社，有一天上司要我看看他從日比谷公園帶來的小貓。上司堅稱他不是「撿到」這隻貓兒，而是在日比谷公園「與牠邂逅」，說明彼此對上眼的那一刻，油然生起要將牠帶走的決心。

小小貓兒的模樣就是一般我們所稱的虎斑貓，額頭上有個無法忽視的「王」字，直條的花紋很美，尾巴也很長。上司說牠應該是阿比西尼亞貓的混種，但是在我這個從小到大身邊都有貓的人眼中看來，很明顯就是日本貓，不過還是美得引人注目。

雖然不知為何上司要讓我與牠見面，可是在與牠四目相交的那一刻，我感受到一種決心，換句話說就是一見鍾情，當場就決定要將牠帶回家。我一回到座位，立刻打電話回家，向太太宣告：「我要帶貓回家。」太太不置可否。

對於成長環境與我不同，與貓完全不熟的太太而言，「家裡有貓」的生活具體來說是怎樣的情形，她一定完全無法想像，對於我的宣告總之就先接受吧，絲毫不反抗。現在回頭仔細一想，這是出自她一種不知從何而來的寬裕之心吧。

總而言之，我們家就這麼開始了太太與我與貓的三人生活。

這隻小貓不知道是不是在日比谷公園哭著找媽媽，哭到嗓子都啞了，聲音聽來有些濁濁的，因而讓我聯想到馬賽漁港一帶，不分早晚都喝著烈酒的酒吧女，於是替牠取名為「苦艾酒」。

對於莫名被冠上酒精濃度高達七〇%的酒名，苦艾酒本人應該覺得很無奈吧。況且，苦艾酒是公的，跟酒女一點關係都沒有，再加上後來經過一段時間，大概是營養夠了，生活也安定下來了，牠的聲音變得澄澈又尖細，原本命名的根據已完全喪失，但這時對牠喊苦艾酒，牠已經會回答了，於是這名字就這麼繼續留用，與牠一起度過二十一年的歲月。

苦艾酒的到來，完全改變了太太對於貓這種生物的認知，她一開始連該怎麼抱都不知道，還把貓兒舒服時由喉嚨深處發出的呼嚕聲誤解為生氣的表現而害怕不已。

不過在與苦艾酒生活的這二十一年中，太太與貓之間的距離產生了莫大的變化，這樣的轉變一時讓我瞠目結舌，但我想這只不過是原本沉睡在太太內心深處的某種意識，連她自己也沒注意到，只是後來自然甦醒而已吧。總之，據我診斷，太太應該是愛貓族而非愛狗族。

由於苦艾酒是被人從日比谷公園撿走之後就直接帶到我們家的乳貓，要是讓牠到外面去很怕牠會迷路回不來了，因此我們暫時將牠的活動範圍限制在家裡，然而這個習慣不小心就持續了二十一年，中間雖然牠曾三次從窗戶門縫逃脫，為了找牠引起很大的騷動，但除了這三次例外，苦艾酒的生活空間就只有在家中。將這樣的生存方式強加在牠身上，至今我仍對苦艾酒感到抱歉，這心情怎麼揮也揮不掉。

依著我們任意制定的規定，讓苦艾酒在有限的自由空間生活直到壽終正寢，過完牠的一生。

苦艾酒始終生活在家裡，總是隔著拉門的玻璃，看似不怎麼羨慕地眺望著自己的同類於另一邊自由走動。也許在我們的規定之下，苦艾酒也喪失了羨慕自由的敏感神經。

隔著玻璃，位於內側的苦艾酒與外側囂張跋扈的野貓互相望著的同時，我都忍不住感到心情複雜。

對苦艾酒而言，出現在外側又消失的那些貓兒，某種意義上像是隔著玻璃看到的風景；對外面的貓來說，苦艾酒就有如玻璃門內的一種擺飾也說不定。即使如此，我還是無法不去期望兩邊的貓其實會彼此交換些訊息。

基於這樣的緣故，我發現我會將在我家庭院裡來來去去，一代接一代的貓兒自由活動的自在爽快與野外求生所要面對的殘酷現實拿來跟苦艾酒只在家中生活的生存方式對比。我不時替苦艾酒感到委屈的同時又對在外生活的貓有種無常感。

或許是出自我對將苦艾酒一生都關在家中所產生的輕微自責，在我們家庭院裡來來去去的貓對我而言，與其說是單純的野貓，更像是我們養在外面的貓了。

第一章　袖萩的時代

查看辭典，野貓的定義為「沒有主人的貓。被丟棄在野外的貓。道樂貓」。「道樂」則有「放蕩、不務正事、喜好玩樂、好吃懶做」之意，若再查看「道樂貓」一欄，寫著「四處閒逛、伺機偷東西吃的貓。野貓」，又回到原點無限循環。

從這些解釋可以知道，所謂的「野貓」與真正的野生動物不太一樣，雖然不被人類飼養，卻得依賴人類始能維生。來到我家庭院的那些野貓確實就是如此，雖然可說是軟弱的野生動物，可是為了生存卻也得強韌勇猛，因此呈現出一種非常奇

特、不可思議的野生姿態。

我們會拿給苦艾酒的同款飼料或小魚乾給這些來訪的野貓，也算是對這些願意透過玻璃門與苦艾酒有些意識交流的朋友一點小小的謝禮。

過程中，就擅自替每一隻來訪的貓兒取了名字。有時是我，有時是太太，我們都是隨興所至，不負責任地隨口為牠們命名。比方說，小心翼翼地走在水泥圍牆上的就叫「超級名模」、單純只是順口好叫的「喵喵子」、在下雪日帶著幼貓一同現身的橋段，就跟歌舞伎《奧州安達原》第三段登場的女角同名叫「袖萩」……等等，在我們的庭院裡出現的貓兒一隻隻就是以這樣方式取名。

這些貓兒一開始還一臉不解，久了之後聽到自己的名字也學會要答應了。我家庭院裡最多曾有高達十數隻野貓來來去去，不過我想牠們也不是只來我們家，而是遊走於自己地盤上的好幾戶人家之間，享用每家供應的食物，因此每一戶人家也都用各自取的名字叫喚牠們，而貓兒一定也會對每家不同的名字適度回答，以應付每個供應食物的人家吧。

這一點，跟辭典所描述的「伺機偷東西來吃」不同，牠們應用著獨特的智慧，同一時間扮演著好幾戶人家養在外面的貓，遊走四方的生存之道，實際上幾乎沒有可以被稱為野貓的條件，與野生或是家貓不同，是生存在特殊場域裡的街貓。

以前，我在清水的家，與祖母、阿玉「三人生活」的時代，各家各戶都不會想要餵養野貓，附近以八幡神社為根據地的野貓確實就如辭典裡所說，是「伺機偷東西來吃」或是對於驅除老鼠有貢獻，因此也都長著適合獵捕小動物的野性之牙。就連阿玉也時不時跑到天花板上去，一陣砰砰作響之後叼著捕抓到的老鼠現身，想要得到我們的獎勵，卻只換來祖母驚聲尖叫。

然而同樣是二戰之後，祖父居住的鎌倉家，會餵養在廣大的庭園裡出現的野貓，如果牠們進到家來也不會拒絕，就讓牠們這麼成為家貓的一員，為牠取名、照顧牠一輩子，對死去的貓也給予厚葬，在家中的壁龕也出現過一列貓骨灰罈排排站的情景。

那個時候，清水的家那一帶完全沒有習慣替不是自家的貓，即野貓取名字、稱呼，更別說會想要安葬死去的貓，連在家裡的貓要照顧到牠死去的例子都很難見，據說貓知道自己的死期將近，便會找個人看不到的地方偷偷死去，這也是貓這種動物的神祕之處。

然而對貓而言，時代已經漸漸地從清水家那種環境移到鎌倉家的情況，貓的野性也跟著被磨平，甚至有的貓看到老鼠還會怕哩，接著就是貓兒成為寵物的時代來臨了。

在這樣的變遷之中，沒有特定的家可以居住，卻也不完全是野生，遊走在幾戶之間，應付著各個家庭，被叫「三毛」時就「喵」地答一聲，被叫「小嗶」時也回答一下，運用著智慧而擴展生存領域的街貓於是誕生……我擅自推演著街貓的由來。

只不過，持續觀看著街貓的生存方式，會發現在牠們的生命接近尾聲時，「殘酷」二字便浮現出來。

以出現在我家的街貓袖萩為例，牠曾經是帶領著一大家族，擁有絕對強權，統治四方、施行恐怖政治，有如女皇的一隻母貓，亦曾生育下一代。牠懷孕那段期間一直不見蹤影，直到某天不知在何處生了之後才將小貓叼來。過去對貓完全無知的太太還為乳貓準備了牛奶，為了顧及苦艾酒的心情還得偷偷摸摸去餵，那模樣實在好笑。而袖萩的孩子之後又生了小貓……就這樣，我家的庭院有段期間就成了袖萩一族的領地。

而袖萩一家子也不分你我，誰是誰的父母孩子根本也讓人搞不清，其中有隻頭腦有點問題，被叫作「大叔」的傢伙，前一秒我們還覺得牠很疼愛剛出生的小小貓，下一秒就把小小貓當成沙包來玩，有時叼著小貓跳上圍牆，又只顧著注意在空中盤旋的烏鴉，一鬆口就害小貓跌落地面摔死……完全就是讓人猜不透。

這隻頭腦不好的「大叔」可能是為了讓母貓有再次懷孕的心情，而做出特有的殺幼獸行為吧。

只是，在這樣的氣氛之中，我確實感受到一種徵兆，亦即貓的世界也與人類同樣，沒有扶養孩子能力的父母親會一個傳一個地蔓延開來。生下孩子之後，沒有能力守護、養育，許多小貓因而在發育之前就已失去性命。當然無可抗力的疾病也是牠們夭折的原因，然而父母守護下一代的天性似乎已出現了破綻。

因此，在我家的庭院裡出現了幾個小貓兒的墳墓。即使是在自家範圍內，埋藏動物屍骨仍是違法的，我明白，但有時候就是要出門上班的前一刻知道有狀況，也只能就在庭院裡挖個洞先埋了，否則難保那隻憨直的大叔不會把死去的小貓當作玩具來玩，只能先這麼處理了。一臉不安地望著我挖洞將孩子埋進土裡的母貓似乎轉身就忘了這一幕，很快又為了要討吃而接近。我看在眼底，真是感到無比悽涼。

有一天我散步回來，發現有個淡褐色的小東西正在路的正中央蠕動著，走近一看果然就是才剛誕生在我家庭院裡的乳貓。我趕緊將牠抱進懷裡，不解地想著牠為何會出現在這車來車往的馬路上，明明連走路都還不會的乳貓，竟然可以爬到這裡來，實在是太厲害了。

這隻乳貓根本連眼睛都還沒睜開，牠根本無從知道從我家匍匐爬過隔壁鄰居的庭院，一出來就是車來車往的通道，卻這樣爬呀爬地來到馬路的正中央，然後發現水泥磚的堅硬觸感以及周圍轟隆隆的聲音，牠一定是感到十分陌生與恐怖，才會害怕地在那兒縮成一團。

所幸這個時間並沒有車子經過，可說是這隻乳貓福大命大，我將牠帶回家，放到庭院裡那隻學不會要照顧下一代的母貓身旁。

我對這隻乳貓實在掛心不已。為何牠非要離開母親的身邊，獨自從庭院裡爬到路上來呢？我的腦中不斷有各式的答案浮現又消失，其中一個答案是牠被那沒大腦的大叔叼著跳上圍牆，放到隔壁家的庭院裡就遺忘了也說不定。

後來，庭院裡的街貓成了一大家族，特別是增加了好多小貓。我在大紙箱上面蓋了玻璃板當屋頂，以太太家鄉寄蘋果來的木箱為基底做了個可權充小屋的裝置，放在庭院的一個角落。怕貓兒撞傷，還用膠布在玻璃板的周圍貼了一圈。我想這樣一來，下雨天牠們就可以躲進去，不怕淋溼了。

庭院裡的那些貓兒雖然注意到那小屋的存在，卻不怎麼積極地想住進去，直到有一個下雨天，我望著庭院裡的小屋時，發現有隻小貓在裡面，下巴就抵在紙箱的邊邊，呆呆地望向天空。那隻小貓的模樣，看起來應是先前爬到路中央，害怕得縮成一團的那隻乳貓稍微長大了。

那段期間因為貓兒的數量實在增長得太快，除了袖萩以外的貓都沒有名字，這隻感覺應是袖萩一族成員，願意進到我打造的小屋裡，看著在下雨天望著天空的小貓，覺得跟我應該是滿有緣的。牠該不會是為了感謝我救了牠，懷著報恩的心而進到小屋去？想到這兒我竟傻傻笑了起來，暗自為牠取了個名字叫「小雨」，因為這名字實在太搞笑，太太應該不會同意吧，就先替牠取個只有自己知道的名字了。在紙箱裡躲雨的小雨，那畫面也頗具風情。

到了下午，雨還是下個不停，其他的貓兒都躲到屋簷下和袖萩擠在一起，只有小雨還是待在紙箱裡，一樣呆望著天空。看見與上午一樣的姿勢、一樣待在紙箱中躲雨的小雨，我忽然感到一陣心驚，立刻跑到院子裡走近一瞧，小雨以下巴抵在紙箱邊躲雨的姿勢死了。我最先冒出來的感想是「原來其他小貓不進到小屋是這個原因啊」，接著則是「小雨選擇我做的紙箱小屋作為牠死去的場所」的複雜心情揮之不去。

我將牠抱起，拿了條毛巾包住，在庭院裡挖了洞讓牠躺進去後，再把土覆蓋回去。其他的貓兒就像是黑澤明作品中會出現的農民一樣，站在遠處一臉訝異地看著我。太太與苦艾酒應該也從玻璃拉門的內側觀望著我的背影吧。說不定苦艾酒也是一臉訝異，只是所思所想跟其他街貓不同地看著我吧。

之後，沒有小雨的紙箱小屋也從沒有其他貓進去，不知道是不是因為牠們聞得到死亡的餘味呢？我多少會在意，於是也沒多想就將紙箱拆了，那曾經有小雨演出下雨天躲雨戲碼的舞臺就這樣從我家的庭院裡消失無蹤，只有我與小雨短暫卻濃密的緣分殘留在我心中。

在時光的流逝之中，袖萩也終於迎向死亡。我雖這麼說，卻不是親眼確認了牠的死，而是從牠日前的樣子感應到，而具體想像出那畫面。

我家的東側，現在已蓋了三間占地頗廣的房子，不過當時是一整片廣大的空地，長滿雜草。一年大約會有人來割兩次草，空地的正中央會擺放大型木材，除草工人就坐在那裡吸菸。

當時我家書房的窗戶剛好就正對著空地，一眼望去可將空地上發生的事盡收眼底。有天，我寫稿到一個段落停了下來，走到書架旁呆呆望向空地，被空地中央附近有個像是陰影卻又會動的東西給吸引，我拿起書架上的望遠鏡，對著那搖搖晃晃的黑影聚焦，那玩意兒虛弱地隨風搖動，有時又似乎是快喘不過氣來，間歇地痙攣，看了許久終於明白那是蜷縮在空地上的袖萩。

當年牠帶著孩子在我家現身時，應該已經不年輕，過了這麼多年，袖萩也該踏進老貓之域了。

我忍不住跨越圍牆走到空地去，在除草工人休息時靠著的木材陰影下，有個剛好可容身的凹洞，袖萩就縮在那裡面。發現我走近，袖萩這才將臉抬起，靠著木材那一邊的毛被壓得緊貼在臉頰上，看上去就是左右不對稱、奇妙的表情。

牠眼中映出我的身影，感覺是在說「你怎會知道我在這裡？」然而那眼瞳卻是已失去生氣的淡淡顏色，表情有如戰後時代劇裡會出現的怪老人。我返家從冰箱裡拿出牛奶，倒在盤子裡再次走向袖萩。

袖萩半是拿出混跡戶外的警戒心警告我「不要多管閒事！」半是見到熟人的安心，激動地將臉轉向倒了牛奶的盤子，慢慢地啜飲了起來。袖萩眼睛向上盯著我，恐怕心裡是念著「是要看到什麼時候？」迫於牠的氣勢，我只好再次跨越圍牆回到家裡，再從書房裡以望遠鏡觀看著牠的動向。

從袖萩近看十分衰弱的身影，可感知牠已是風中殘燭，不知不覺間，望遠鏡的畫面浮現一層感傷的霧氣。

仔細回想起來，袖萩是在一個下雪的日子帶著孩子一起出現在我們家的屋簷下，因此有了這個名字，可是牠從不會與我們親近。在我家庭院裡出現的一群街貓之中，這隻確立了神聖不可侵的權力，以野外女皇之姿、君臨天下的母貓，一臉預感死期將近的表情重新站了起來，見到這一幕，我心中油然產生了一股遲來的敬意。

太太因為與苦艾酒的緣分，才開始慢慢地對貓的世界熟悉起來，因此我無法對她詳盡說明袖萩莊嚴走向死亡的身影只是演繹著野貓的宿命。看著望遠鏡中的袖萩，我雖也不禁感嘆生命無常，然而也只是這麼一直遠遠看著牠的身影，在某種意義上是冷淡又極其符合我的性格。

隔天早上，我又再次越過圍牆走到空地去看，已不見袖萩的身影。盤子裡的牛奶已沒了，心想至少袖萩把牛奶喝光了，同時，也確知此後再也不會見到牠了。

第二章 阿健登場

袖萩離開之後，牠所統領的一族也散去，我這才真切理解袖萩的統領能力有多強大。原本每到了繁殖季就會懷孕生子的母貓後來也不太生了，姑且不論與袖萩的死是否有關，但不可否認的，這是牠不在之後才有的變化。

袖萩一族失勢之後，其他不是該家族的貓兒陸續出現。不過話說回來，牠們會不會其實早在袖萩時代就出現，只是我沒注意到而已？總之，這情況若是以日本歷史來比喻，大致就像應仁之亂後，武士集團群雄割據，進入了人人想一統天下的時

代……雖然這樣的比喻好像有點不倫不類，然而我家庭院開始有未見過的貓兒一隻隻出現也是事實。

其中有隻黑白毛色的公貓特別出眾，一出現就橫掃全場，散發出驚人的氣勢，擅長打架，在這一帶稱王，或許可以織田信長來比擬。

仔細一看，牠的黑毛之中又帶有細長的花色，若整身都是這樣的毛色那就會跟苦艾酒是同樣的虎斑貓，或是再加上咖啡色就成了難得一見的三毛公貓，總之牠的毛色曖昧、難以歸類，也因此帶出奇特的氣質。

俊美的長相及動不動就出手打架的暴烈性格是牠的一大特徵，因此太太立刻就替牠獻上了「阿健」這個名字，說白了就是借用常在古裝電影裡扮演俠客、帥氣的高倉健之名。明明也沒怎麼在看古裝電影的太太竟然會有如此的突發奇想，不過話說回來，阿健的模樣確實跟穿著古裝的美男子形象有幾分相似，我也就沒有異議了。

於是本書書名主角「阿健」之名便誕生了。

阿健是個好戰也擅長打架的暴力分子，除了長相俊美之外跟高倉健演的角色一點都不像，這就是對於武俠古裝片完全不熟悉的太太，外行人直覺式的命名法。不過除去高倉健所飾演的角色總是忍了又忍直到忍無可忍，終於理智線斷裂而暴怒，最後只能將前來挑釁的人一砍、二斬、全殺光光的境地以外，這個名字其實也還滿有道理的嘛，我悄悄為太太辯護，就像公設辯護人般替她說話。

原本對貓的世界一竅不知的太太，自從有了苦艾酒之後，漸漸讓貓走進她的內心，對於出現在庭院之中，凡事訴諸暴力的公貓也能積極替牠取名字，可視為太太的一小步成長吧。這麼想的同時，一開始還覺得沒那麼合適的「阿健」這個名字，我也漸漸地可以接受了。

完全無法想像阿健在袖萩權勢不可動搖的時代裡是什麼模樣，果然還是得等到袖萩去世之後，這一帶的貓陷入群龍無首的狀態之中，阿健才以一匹狼的野武士之姿登場。

直到袖萩不在了，原先潛伏四下的野貓才開始選在不同的時間現身於庭院中。

牠們非常巧妙地來來去去，很少是公貓與公貓、母貓與母貓同時出現，偶爾碰上了，就是一陣混仗開打。

這個時候，這些貓兒與其說是我家養在外面的貓，更像是在這一帶搶奪地盤的野貓，有好幾次直至看到牠們露出野性十足的表情或動作，這才發現那貓真正的性格。

貓是夜行性動物，因此，有很多野貓是到晚上才會現身，有些時段還是貓兒現身的尖峰時刻，但即使如此，牠們也會盡量避開，不跟其他的貓正面遭遇，而且都是靠著敏銳的野性來行動，這一點也是我經常望向庭院這個野貓的大舞臺而漸漸領悟到的。

阿健也會觀察著周圍的狀況小心翼翼地來到這裡，即使玻璃門外又隔了一層紗門，牠黑白分明的毛色以及俊秀的臉龐依然是那樣吸引人注意。苦艾酒的眼瞳是綠色的，阿健則是藍色，看著牠那清澄的藍眼睛，完全想像不到牠慌張、激動時會是什麼模樣。

阿健看到玻璃門內望著自己的苦艾酒，一開始就不曾展現出敵對的態度，不知道牠是不是覺得「那不是貓」？苦艾酒對庭院裡的貓不曾表現過興趣，剛開始偶爾也曾對著外面低吼、威嚇，然而後來外面的貓應該也習慣了吧，感覺牠們不怎麼把苦艾酒放在眼裡。

苦艾酒是不是不知道自己跟牠們一樣是貓兒一族呢？牠又不會照鏡子確認自己的長相，所以對於在玻璃門外自由來去的貓感受不到與自己有一點相似吧。雖然在我的上司從日比谷公園將牠拾起，與我們相遇之前牠也當過一段時間的野貓，不過與被狼養大的人相反，牠被迫將我們家當成牠的全世界，所以牠生活的方式完全將牠的野性封印了。苦艾酒對外面的貓絲毫不感興趣，促使我邊觀察邊思考著這些事情。

阿健對苦艾酒沒有敵意，也許是因為牠覺得這傢伙沒有威脅自己的任何可能，以及看透了苦艾酒的本性吧。對於嬌生慣養的大少爺，半是羨慕半是同情的不良少年——有時我會將這樣的形象疊在阿健身上——總之，好勇善鬥的阿健不會對苦艾酒齜牙咧嘴，我總算安了心。

阿健打架時真是毫不留情。我不知道貓兒是在何時、在怎樣的時機察知其他貓的存在，但牠們時時刻刻都注意著周遭的狀況，即使吃著我們擺放在拉門外的飼料，也不敢鬆懈地將注意力放在自己的後方，常讓我覺得再也沒有比這更具有張力的場面，不過有時也會出現奇妙地過度放鬆的時刻，反倒讓在一旁看的我忍不住捏了把冷汗。

會讓我焦慮的情況當然是有貓沒發現自己的身後（雖然還在數公尺外）阿健慢慢走近，仍毫無戒心地吃著飼料。

那感覺像數百公尺外就已鎖定獵物的獅子，牠的野性是其他貓科動物所遠遠不及，有時明明阿健都已經十分靠近了，對方卻沒發現牠的存在，不清楚究竟是因為太在意其他事而分心，還是吃得太開心了，我當然不得而知，就是偶爾會看到阿健已經近到不行了，對方才突然發現的畫面。

原本心情愉快地走在鄰家圍牆上朝這兒來的阿健，在快到我家時終於發現有貓背對著牠在吃飼料，此時阿健的眼神會瞬間變得十分銳利，全身緊繃進入戰鬥模式，不過牠並不會一下就飛撲過來，而是一刻不放鬆地觀察對手。

等到牠的對手終於發現身後方的氣氛不對，感應到危險，緩緩轉頭看向這邊的那一瞬間便發出低吼，聽來像是將藏在身軀底下長長的嘆息擠壓出來似的，也讓我聯想起能劇舞臺的樂隊演奏引起地板共鳴的聲音。

「呦—噢！呦—噢！」之後接著「咿呦—噢！」，大鼓一聲「咚！」地敲下，雙方展開一場氣氛詭譎的叫陣，牠們發出的與其說是聲音，更像是從身體深處冒出來的熱能與興奮化成的一股氣，通過聲帶產生的聲響，我感覺甚至連貓本身都是被這樣的熱能與興奮煽動著，有如妖魔附身，十足神祕。

武術有殺氣、時機、殘心等用語，貓打架當下的氣氛也讓人聯想到這些字，眼前就像是常在舞臺劇或電影裡看到的，兩名劍客握著刀，雙方維持著一定的距離，全神貫注地對峙，彼此都還沒抓到對方鬆懈可出手的空隙，時間一分一秒地過去……

我曾在電視上看到全國劍道比賽時，想起貓打架的場面。兩名選手在不分上下的一波波攻擊中，不時會發出奇妙又拔尖的吶喊讓我有這樣的聯想。不知當年宮本武藏、齊藤彌九郎或是千葉周作這些劍客在與敵人拚得你死我活之際，是否也會發出聲調這麼高，近乎悲鳴的吶喊？

那與其說是劍術或劍道，不如稱為竹刀競技還比較合適。

聽到那近似悲鳴的吶喊，我心中原本對劍道的憧憬也慢慢消退了。不過，那吶喊聲也跟貓給我的感覺一樣，說是人聲，更像是兩人身上的熱能與興奮橫溢，震動了喉嚨、嘴巴等人體器官，發出不自然的聲音。

以前我在沖繩、宇和島看到鬥牛時，發現鬥牛儘管身負重傷也會硬裝沒事，或如果只是小傷就拉開距離拖延時間，似乎本能地知道要欺瞞敵手，這手法與人類很像，但說不定是反過來，動物的戰鬥本能原本就具備了這欺敵之術，應是人類向動物學習或模仿的才對。

若說人類欺敵的招數是模仿鬥牛或者是打架的貓，那麼，平日總是一臉淡泊的阿健，打架時全身被動物戰鬥的本能所包覆的神祕氛圍，那才是牠身為貓真實的模樣。

阿健有時會伸出爪子爬上紗窗門，感覺像是在對著屋內的我們宣告著自己的存在似的。

牠在這一帶是有名的獨行俠，卻會在我們拉開玻璃門與紗門，要到庭院放飼料時，兩隻前腳併攏，收著尾巴乖乖等著。我們也知道若輕率地伸手去摸牠，牠一定會突然伸出爪子攻擊，牠一時裝乖的模樣讓人感到有些驚悚，但懷有這兩種明顯對比的性格，正是阿健的真面目。

把場景拉回來，原先吃著飼料的貓與阿健雙方邊計算著合適的出手時機，邊操控著從身軀底部發出的低吼聲，從一定的距離漸漸縮短，不過也只是持續對峙，最後雙方都沒出手，各自轉身，沒有暴力相向……我是這麼希望，但打破我的期待的當然是阿健。

在與阿健四眼相交之時，對方一定就已察覺到自己的功力遠不如阿健，因此決定轉攻為守，而阿健對於這樣的對手，一度調整了自己的態勢，卻又以令人屏息的凶猛銳利襲擊，雙方的攻防快速進展，讓我目不暇給。

不過，若可以像看影片那樣以慢動作重播這段攻防戰，應該會看到阿健遊刃有餘地欺負對方的畫面吧，在這個階段牠已完全看透了對方的斤兩，再次拉開距離時，不知是不是我想太多了，總覺得阿健的表情閃現出從容之色。再怎麼說，在打架這件事上，阿健的段位可是至高無上啊。

這場戰鬥最後似乎是阿健覺得「夠了，今天就先到這兒吧」而收場，阿健慢慢拉開與對手的距離，吟唱般的低吼聲自最高潮開始收束，此時已明顯分出勝敗強弱，但為了讓對方記住教訓，還會像地痞流氓那樣回頭凶惡地瞪了一眼才離去。

除了極端的例子之外，一般貓打架都不會殺得你死我活，僅是張嘴伸爪讓對方受點小傷就結束，這一點與純粹的野生動物不同，是依人而生的動物微妙之處。

儘管如此，吃過阿健敗仗的同一隻貓，有一天又同樣悠哉地吃著飼料，完全沒發現阿健已出現在身後方，走近到無法避免要再打一場架的距離，於是又死盯著阿健、發出同樣的低吼，再次被追打後，又被警告一次。說不可思議也確實是不可思議，這也是與純粹的野生不太一樣，街貓特有的情景。

第三章　苦艾酒物語

據說一隻貓的地盤多在半徑幾百公尺之內，也稱為狩獵圈。相對地，家貓的生活範圍被稱作「絕對自由圈」，活動的區域大致就是家中以及庭院。像苦艾酒這樣連自家庭院都不涉足，只生活在室內，生活範圍可說是「絕對自由圈之中的絕對生活圈」，不，說不定牠是被迫限縮在「絕對不自由生活圈」之中。

每次只要一這麼想，就忍不住悲傷，因此我總是刻意不去讀那些跟貓有關的研究書籍。說到貓，我首先想到的當然就是有如人生伴侶的苦艾酒，接著則是在我們眼前來來去去，隔著一層玻璃門與苦艾酒交流的那些外頭的貓兒。若要問我為何沒有將對貓的興趣再從牠們身上推及到其他地方，理由其實很簡單，就是我沒有把苦艾酒以及來到我家庭院的這些貓當作貓來看。苦艾酒也好、袖萩、阿健也好，在我心中，牠們不是貓，雖然還不至於將牠們當作人類，但要把牠們跟其他的貓混為一談，總讓我覺得哪裡不太對。

這說不定是缺乏研究精神的我給自己找的藉口，有時我會這麼反省，然後偶爾動念找了關於貓的書來讀，但讀完也只是跟著點頭同意說「原來如此」，不會再有進一步的感想。不論是關於貓的地盤或是貓的生態，感想頂多就只有「哦～是這樣啊」，與其去追究貓「普遍」的狀況，我比較想去深入理解牠們「個別」的複雜或有趣的一面。

阿健與率領一整個家族，將這一帶劃作領地，統領天下的袖萩不同，不知是否由於是公貓的緣故，牠總是四處徘徊，且不只依賴我們家，一定也在某戶人家的屋簷下或是某處的小屋，有個可遮風擋雨的地方作為牠基本的住所，只是我不可能知道那在哪裡。

總之，我們餵養這些出現在庭院裡的貓兒，苦艾酒與牠們互通著某些訊息，這樣的時間持續很久很久。

這段期間內，我辭掉了正職的工作，成了一個在家蹲的文字工作者，我們的住家也一度改建，不過迎接著貓群來去、面向南方的小小庭院，除了走道的地面改鋪紅磚之外，其他都沒有改變。

那時，我經常出外旅行、取材，一年有四分之一的時間，換算過來約是一季不在家。時光流逝之中，原本對貓完全不熟的太太，整個心都被貓一點一滴滲透，她與苦艾酒長時間相處下培養出來的綿密情感，明顯超出對我的感情。

有時她在外面遇到路邊的野貓或是有人養的貓，便會停下來跟牠們說說話，隨興替牠們取名字，後來實在是太常遇到貓了，名字愈取愈隨便，因為我發現有好幾隻都被她喚做「阿咪」。常常太太隨便喊了聲「阿咪」，每一隻「阿咪」也都會對著太太回答。

這麼寬鬆的關係，也象徵著曾經對貓一無所知的太太有了愛烏及烏的心，某種意義上，苦艾酒可以說是個觸媒，開啟了深埋在太太性格之中的愛貓之情，並惠及周圍的其他貓兒。

我不在家的時候，太太也會拿飼料餵那些來到庭院裡的貓兒，不過後來因為苦艾酒的年紀愈來愈大，她整個心都放在牠身上。

隨著年齡的增長，苦艾酒開始散發某種氣質，像是了悟了什麼。我們一旁看著，突然驚覺若將牠的年紀換算為人的歲數，早已超過我們。對於這件事，太太時時刻刻都感到新鮮，意味深長地探究著，對苦艾酒的愛當然也就愈加熱烈。

然而，最終該來的總是會來。苦艾酒為我們展現了不同時期貓的姿態，從幼幼貓的可愛長成青年時的雄壯衝動、壯年的圓滑成熟直至老年的莊嚴，終於在一九九五年二月十日以二十一歲之高齡，走完牠的一生。牠的離去為太太造成的傷痛，和我這個常被工作追著跑、時常不在家的人是完全不能比。

時至今日，我仍然無法以冷靜的心情回憶有苦艾酒的往日時光，只勉強能翻閱當時寫下的文章去懷想，而我與太太之間，到現在還無法談論苦艾酒貓生最後的那一段日子。那篇文章陳述了我當時的心情，在那之後我不時想起苦艾酒而心情跟著高高低低、起起伏伏，如此循環地走到今天。總之我悄悄地，翻出了那篇收錄在一九九五年十二月刊行的《苦艾酒物語》最終章之一節，冠以〈後記　苦艾酒往哪裡去〉之名的文章，以確認被埋在記憶深處，當時的心情。

有一天，我追尋著從身旁走過的苦艾酒身影，發現牠的步伐似乎有點偏向左側，是腳痛嗎？我心想，後來知道根本的問題是牠的身體失去了平衡，正快速地衰弱。不過若考慮到苦艾酒已高齡二十一歲，還可以這樣跟我們一起生活已可說是一種奇蹟。牠能夠一路陪伴我們，應該是受惠於牠那天生健全的身體，從無大病大痛。雖然這麼說有點可笑，但我好想當面謝謝未曾謀面的苦艾酒的親生父母，我真的認真想過這麼無厘頭的事。

過完年後，苦艾酒開始漏尿，有時牠就整身溼答答地鑽到太太的床上去睡，因此太太就得在床上做些防護措施，偶爾牠鑽到我床上時也是。拖著被自己的小便濡溼的身軀，緩緩、緩緩走向走廊那方去的苦艾酒，背影透露著些許哀愁。

那段期間我們不時打電話向立岡醫生請教。他在電話中接受我們諮詢，有時會來到我們家，在門口替苦艾酒看診，因為立岡醫生考量到與其讓苦艾酒負擔過多治療，不如就順其自然，盡可能讓牠輕鬆就好。

後來苦艾酒突然暴瘦，體型只剩下過去的約三分之二，食欲變得很差，即使將烤魚放在牠面前也沒有反應，我懷疑是不是因為感冒的關係，可是看起來又不像。從某段時期開始，苦艾酒一直盯著某處看的臉會微微顫抖，這樣的徵候愈來愈明顯。接著是再也跳不上桌子了，便在一個地方窩著幾乎不動。睡眠的時間很長，醒來時也只朝走廊上的貓砂盆走去。牠離開貓砂盆後我去查看，幾乎看不到有任何排泄物，應該是什麼也沒吃，所以也排不出東西來吧。我跟太太商量之後，還是請立岡醫生過來看一下。

「畢竟牠也二十一歲了……」

立岡醫生看了苦艾酒的第一句話這麼說。為了補充葡萄糖與維他命，在牠的脖子後方注射營養針，此時苦艾酒喃喃說了句話讓我嚇了一跳。醫生也開了助消化的藥，但還是再說了一次讓苦艾酒順其自然就好。還建議我們，現在對牠來說不管是寬敞的地方還是狹小的地方都一樣，與其放任牠自己不知走去哪裡，還不如給牠一個大紙箱可以窩著也許較好。

「畢竟牠也二十一歲了……」

立岡醫生要離開時又再說了一次。（略）

於是我們找了一個一百公分見方的紙箱，在裡面鋪了布，讓苦艾酒可以躺在裡面。與其說是讓牠躺著，不如說是除了躺之外牠再也沒有其他姿勢了。

苦艾酒只能辛苦地吞下我們用滴管餵的流質食物，喘口氣之後又陷入昏睡。由於包了尿布，即使漏尿也不會再弄溼身體了。對苦艾酒而言，確實空間是大或小都沒差了，這個紙箱已成了牠能自然活著的自在空間。

我們會將苦艾酒躺著的這個紙箱搬到有暖氣的臥室裡，白天則是移到我們會看電視、待著的起居室，盡可能延長牠與我們呼吸同樣空氣的時間。

有天，苦艾酒的呼吸變得不自然，每次吐氣時便發出吹口哨般的聲音，我們除了向立岡醫生求救之外，別無他法。

「畢竟牠也二十一歲了……」

立岡醫生又說了跟之前一樣的話，只是這次多加了一段苦艾酒現在因為身體的疼痛而活得很辛苦。

「可是村松先生、村松太太你們看，只要你們摸著，牠就會從喉嚨發出呼嚕呼嚕的聲音。」

這麼說來，苦艾酒的喉嚨確實發出呼嚕聲。

「現在的苦艾酒感受到的是你們摸著牠的觸感，更勝於疼痛或是辛苦，所以我們與其想該給牠怎樣的治療或是藥物，我認為摸摸牠才是對牠最好的作法。」

立岡醫師這麼說完，便從半蹲在玄關的姿勢站了起來，接著交相看著我們夫妻說：「再怎麼說，活到二十一歲真的是很努力了，苦艾酒是，你們兩位也是。」

立岡醫生這回沒有替苦艾酒打針，只是要安我們的心似地給了維他命劑就走了。

那一晚，我們輪流摸著苦艾酒的喉嚨，直到聽到牠發出呼嚕聲才安心停下來，牠一沒發出呼嚕聲我們又趕緊繼續摸，就這樣不斷循環。紙箱中的苦艾酒就一直維持著橫躺的姿勢，偶爾吃力地抬起頭時，看到牠靠在紙箱底部那一面的毛緊貼著臉頰，連臉都變形了。那一瞬間，我想起已走到最終的袖萩精力盡失的表情。（略）

過了一個小時，我們如平常將苦艾酒連同紙箱一起抱到臥房裡去，我們又再看了一下深夜的電視節目。原本應該睡得很熟的苦艾酒突然作勢想要撐起上半身，我跟太太都嚇了一跳，緊張地朝紙箱裡看，只見拚了老命爬起來撐著身體的苦艾酒將兩隻前肢併攏，直直地看著我們（略），那眼神非常奇妙，看上去就像是身穿白無垢的新娘在向父母道別。我急忙伸出手撫摸著苦艾酒的頭，牠也很安心似地不斷從喉嚨發出呼嚕聲。

之後過了一會兒我覺得好睏，淺淺地睡了一下，很快又撐開眼看到太太側著頭直盯著紙箱中，她一直看著苦艾酒的狀況，輕輕地說了一句「苦艾酒不動了……」

我從床上爬起來將手伸到苦艾酒的肚子下方，身體還溫溫的卻已僵硬了。我抬頭看了時鐘，正好是午夜兩點整。我留下茫然的太太與苦艾酒，走出臥室，走過走廊進到起居室，爬樓梯到樓上的書房，這是一段苦艾酒也走過好幾百次的路途。我在書房裡的佛壇旁邊貼了一張紙，上頭寫著「一九九五年二月十日　苦艾酒壽終正寢」之後，又再回到臥室去。

「又不是死了孩子，我們可是照顧了一個長命得驚人的老人呢！」

為了勸誡太太，我刻意以強硬的口氣說。對這句話，她沒有回應，只是一直緊緊盯著苦艾酒的遺體看，然後問我「可以再讓我抱著牠睡三十分鐘就好嗎？」，我點點頭，太太沒有哭，抱著苦艾酒說：「還暖暖的……」

太太就這麼抱著苦艾酒躺在床上。她啜啜的吸鼻聲，不時傳到閉著眼的我的耳裡。大約經過了三十分鐘吧，太太突然高聲呼喚我，而且她沒有爬起來，仍維持著剛才的姿勢。

「苦艾酒牠……」太太的聲音中透露著激動的心情。

「苦艾酒怎麼了？」

「苦艾酒尿尿了。」

「……」

「就在剛才，一口氣尿了好大一泡。」

「是失禁了，牠到這一刻才死去。」

「……」

「這傢伙，竟然死得像個偉人……」

我最後對苦艾酒說的話是如此咬牙切齒，但其實在心中幾乎要為牠死去的方法感到敬佩了。以前不知聽過多少次，貓要死之前會找個地方躲起來，不讓人看見自己死去的樣子，然而苦艾酒卻是在太太的懷抱之中嚥下最後一口氣，我忍不住要感嘆這戲劇性的死法簡直可媲美名人、偉人。幾個小時前牠拚了命起身以新嫁娘叩謝父母的姿勢向我們告別，最後死在太太的懷抱裡，這是苦艾酒對我們的心意。牠最後的告別實在過於完美，我除了痛罵一句之外，別無他法。（略）

苦艾酒死去的隔天，太太哭腫了眼睛，三天都還沒消，我便替她取了個綽號叫「第十二回合的辰吉丈一郎[1]」。

我們在庭院裡挖了洞，將苦艾酒埋進去，並將太太在故鄉的河原撿到，一直珍藏著，約拳頭般大小的石頭拿來作為苦艾酒的墓碑立於上方。

1　辰吉丈一郎為日本拳擊手，一九九一年曾拿到世界拳王。

回頭看自己的文章，我才有辦法再次清楚地回想起看護苦艾酒貓生最後一段日子的事情。順帶一提，太太至今仍無法讀我那本《苦艾酒物語》。

那時我給太太冠上的綽號實在很過分。辰吉丈一郎是紅極一時的拳擊手，既強悍又有魅力，只是眼睛不時受傷充血，常常在比賽之後兩眼都腫得張不開，看過他這般激戰，我成為他最死忠的粉絲，才會反射性地在腦中浮現起那個模樣。而經歷了苦艾酒之死的太太所受到的衝擊，也一定超越了我所能想像的程度。

我們夫妻膝下無子，我十分可以理解年齡已到了需要人看護的苦艾酒對太太來說一定有其特別的意義。

換算人類的年紀，苦艾酒老早就超越我們，然而太太每每對牠說起話來就像是跟小孩講話一樣，總讓我感到滑稽，不過後來我也發現，那是對需要人提供庇護的苦艾酒正確的態度。而牠竟然有辦法忍到最後，在太太懷中失禁、嚥下最後一口氣，也是對疼愛牠的太太最好的回應方式也說不定。

　總之，苦艾酒的死，為我們帶來莫大空虛，太太不時陷入放空狀態，但我想那時間，她一定是躲到心裡與苦艾酒在一起。好在後來我們從每天在庭院裡為苦艾酒的墳上香之中漸漸平復，找回平常心。

第四章　街貓的智慧

《苦艾酒物語》出版之後，有好幾位朋友、熟人問我苦艾酒走了之後，我們有什麼打算？苦艾酒之後……，也就是問我們有沒有再養別隻貓的打算。

苦艾酒走後，找隻貓來代替牠，實在太失禮了，對於這樣的問題，我第一個反應是浮現這樣的心情。苦艾酒走後，不論多麼有魅力的貓兒出現，或者多麼勇健的野貓闖進我們家，對我們來說，與苦艾酒共同生活了二十一年的歲月任誰都無法取代。

另一方面，如果我們跟新的貓兒展開新生活，這隻貓就會被迫成為苦艾酒的替身，以這樣的身分被扶養長大，總覺得對牠很不好意思。

就算我們真的可以有辦法與新的貓生活，感到抱歉的心情也很快消失，然後我們漸漸接受了新貓兒並愛上牠，如此一來又會覺得苦艾酒有點可憐……這樣的心情反反覆覆起伏不定，經過這一番迷惘與摸索，很自然地最後還是決定放棄與新的貓展開新生活。

不過，經過了一小段時間，太太與我對貓的態度漸漸產生了奇妙的變化。那大概是綜合了對於過去袖萩一族建構出龐大勢力，一大家族占據了整個庭院的回憶，以及太太一次又一次地向街上的貓喊著「阿咪」的感性融合而成的態度。

苦艾酒去世之後，庭院裡依舊有好幾隻貓會跑來。牠們大概是以前曾經隔著玻璃門與苦艾酒交流的貓兒，習慣了我們供應的飼料，所以即使苦艾酒已經不在了，牠們仍然繼續來訪。對太太或是我來說，這些來到我們家庭院的貓兒都是跟苦艾酒有緣，即使苦艾酒已經不在了，我們也不忍心切斷這樣的緣分。

那段期間，來到我們家庭院的有三隻野貓與兩隻家貓。剛開始我們也對戴著項圈的家貓為何會來這兒感到不解，但是仔細想想，在袖萩的時代，就已經有戴項圈的貓混了進來。每隻貓來的時間都不太一樣，基本上似乎是為了避免與敵對的貓相遇。

來我們家庭院覓食的不論是野貓或者是戴著項圈或鈴鐺的家貓，偶爾還是會碰上別隻貓，於是就會出現驚險場景。若是雙方皆為具有地盤意識的公貓，那場面便特別殘酷，一旦碰上了，瞬間就會氣氛緊繃，隨時要展開決鬥，不過就算是兩隻母貓碰在一起也未必就會和平相處，牠們若是互相看不順眼，我這旁觀的第三者恐怕也無法置身事外，這一點是否與人世相同呢？

不過話說回來，我們家庭院確實很久沒有成為貓兒登場的舞臺了。我或太太都將牠們每一隻視為我們家養在外面的貓，自從苦艾酒去世之後，太太與我各自經過一段複雜的心情調適，才得以將愛貓的心移往外面的貓身上。這群貓之中，最強悍的便是暴力的阿健，他已在無數的對決之中，確立了自身的地位，那過程中的犧牲者多到不勝枚舉。

我在苦艾酒過世之後，養成了散步的習慣。

雖然與苦艾酒的離去沒有直接相關，但也不能說跟貼身看顧牠無關。有次讀到報上寫著超過五十五歲的人，適合沒有任何風險的運動如廣播體操與散步，我點頭如搗蒜。

於是經過了多次選擇與嘗試，最後找到最喜歡的散步路線是從家裡出發，走約二十分鐘到善福寺公園，繞著裡面的水池走一圈之後回家，所需時間共四十五分鐘，途中的風景變化令人賞心悅目、無可挑剔。

善福寺的水池邊常會有綠頭鴨或家鴨從池裡走到路邊，與人親近示好。路過的人也會微笑地走近去看看牠們。有天我目擊了一幕奇妙的光景。有隻鴨子走到路上來，神情放鬆，距離牠不到三十公分的地方，一隻身形巨大，深褐底色，直條紋的貓兒懶洋洋地躺著。看起來不像是在睡覺，只是閉目，不時張開眼睛瞄一下路過的人，或是呆呆望著眼前的鴨子。

這本來應該是幅危險的畫面，然而貓與鴨如此相近的距離之間卻沒有一絲的緊張感或是警戒心，反倒構成了風和日麗的光景。那隻身形巨大的貓兒遠看毛色只是單純的直條紋，走近細看竟像是熊熊火焰的漩渦狀，令人聯想到如江戶時代年輕氣盛的男子。

見牠這個模樣，我當下就為牠取了名字叫「直次郎」，根本沒資格笑太太隨便見到貓就喊「阿咪」。這也是繼袖萩之後引用歌舞伎來命名的第二彈，取自河竹默阿彌所作的歌舞伎《雪暮夜入谷畦道》中登場，出身武士家族，之後淪為惡人的直侍，本名片岡直次郎[1]。

這部傑作的主旨為表現江戶末期頹廢之美，從直侍與花魁三千歲之間無望的愛情或是兩人在蕎麥麵屋訣別時的橋段，可感受到默阿彌所擅長營造的純淨的舞臺氛圍，而我意外地在這隻出沒於善福寺的池塘邊，身形巨大卻又婀娜多姿的深褐色條紋貓身上看見了最為人稱道、由十五世羽左衛門扮演的直侍一角。雖然稱牠為直侍好像也可以，然而考慮到以一隻貓的名字來說似乎有點太正式了，最後還是決定叫牠直次郎。

此後，每次經過時我都會向這隻貓搭話：「你好啊，直次郎」，但從牠身邊大量的飼料可看出，直次郎的粉絲可不只有我一個，甚至有人特地花時間前來餵食。

我跟太太提過直次郎之後，每當我要出門去散步，太太就會遞給我一小包用衛生紙包著的飼料要我餵牠，但這對我來說實在太勉強，所以拒絕了。我本來就認為散步不像是我會做的事，出門時就頂多帶張空白明信片，那是為了在路上遇到人時，可以藉口說「我出來寄個明信片」用的小道具，只是這樣的狀況一次也沒發生，我的小心機根本就是做白工。

太太應該早就明白看透我這彆扭的性格，激動地罵我擅自替人家取名字又不給東西吃，根本是口惠而不實，硬是將整包包在衛生紙裡的飼料塞在我手裡。

1　日本歷史上實際存在的人物，江戶後期有名的無賴，慣常因詐欺、恐嚇等罪嫌遭官方追捕，最後被處以死刑。

直次郎老實地吃著我餵的飼料。那時候我喊牠「直次郎！」牠已經會回應了。不過話說回來，每次太太在路上隨便喊著「阿咪！」每一隻貓也都會回答，所以我很明白牠未必是接受了直次郎這麼有古味的名字，只是很神奇地，為牠取了名字之後，被稱作直次郎的牠對我來說就成了直次郎，再也不是單純的一隻貓了。

下雨或降雪的日子，有時是天黑之後，就看不到直次郎的身影。在寒冷多雲的季節裡，很常見不到牠，不過天氣一好轉，牠馬上就會在同樣的地方出現，盛夏酷熱之際，會找個陰涼的地方避暑，秋風一起牠又會在熟悉的舞臺上登場，這樣的循環不知持續了多少回。

這樣一次又一次地餵著直次郎，慢慢地我愈來愈相信，最適合我的不是家貓也不是野貓，果然還是街貓好。

第五章　我是街貓

我在前面的章節裡已提到，我從上小學之前到高中畢業為止都是在清水的家與祖母兩人相依為命。若要問原因，簡單來說就是我那從以前就一直放蕩度日的文士祖父在戰後搬到鎌倉與另一位女性同住，是他從那兒寄回來的錢，讓他的妻子（即我的祖母）與孫子（我）得以生活。

再進一步說為何祖母要照顧我這個孫子，最大的原因是我出生之前，父親即已離開人世。父親在上海時任職於上海新聞社——發行給在上海的日本人看的日文報紙，二十七歲時因感染了傷寒而病死，時值一九三九年秋季。

成了寡婦的母親當時年僅二十歲，祖父認為她還年輕，強烈建議她再婚，因此將她的孩子即我收養，成為自己的么子，於是在戶籍上，父親是祖父的長子，而我則成了父親最小的弟弟。在我成長過程中，他們只對我說我的父親與母親都已去世。

到此為止都是那個時代日本常有的情形。戰後，祖父與妻子之外的女性另外在鎌倉共組家庭，且往來無白丁，家中不時有文人雅士來訪，他從那兒寄錢給他的妻子與孫子，即祖母與我在清水生活，這樣的形態可說是我們家與他人不同的地方吧。

祖父將我這個孫子的養育工作推給祖母，自己再跟妻子之外的女性住在一起，給了祖母一個生活重心——養育孫子，好轉移她對自己的注意力，某種意義上，算是成功地操弄了祖母的人生吧。祖父這種作法，不知為何不論是他兒子，我的幾位叔叔或是其他親戚，甚至身為妻子的祖母本人對他都沒有太大的責怪，就這麼接受了，這件事至今對我而言仍是個未解的謎。

我的推測是因為戰後祖父成了知名的文士，大家都顧及他的身分，為了不讓他失了面子，得避免家醜外揚，祖母這個最大的犧牲者也只好眼淚往肚裡吞了。

然而，在我小學四年級的那個暑假，不知為何，祖父將在清水與祖母一同生活的我接到他鎌倉的家去。祖父原本就打算讓祖母養我到高中畢業，若是如此，不就是強迫祖母晚年要一個人孤獨生活？那時我又會在哪裡呢？所有的疑問要到很後來才浮現，當時的我還是個對自己的將來不抱任何疑問的孩子。

我跟著祖父來到他鎌倉的家，那屋裡有個人，祖父工作上往來者或是附近鄰居、在家裡出入的傭人等都稱她為「太太」。祖父的妻子不就是我的祖母嗎？身為孩子的我當然對此感到疑惑，卻未曾將疑問說出口。那個人，我稱為「鎌倉家的奶奶」。

話說回來，清水家中的佛壇上有父親的牌位，看著祖母每天對著佛壇點燈，念著般若心經的身影，我卻完全沒意識到佛壇上沒有母親的牌位。我知道自己是個自我意識很強的人，然而畢竟還是個孩子，對於祖父安排之下的家庭關係，看著叔叔或親戚對這一切毫無抵抗，也很自然地就跟著接受了。

自從那次被祖父帶去鎌倉的家過暑假，之後每當學校放長假時，我就會自發地往鎌倉的家去。最大的原因是鎌倉的家有我與祖母生活的清水家中所沒有的氛圍，對我吸引力十足。

鎌倉的家中散發著我過去不曾聞過，很具體的味道，對我這個少年而言很有新鮮感。

咖啡（說穿了也只是三合一咖啡，但在當時已是很先進）、果汁機打的新鮮果汁、好幾種香料、鎌倉火腿[1]、橄欖油等刺激著我的嗅覺，巨大的電冰箱，吸塵器，好幾張唱片疊起成套、一張張從上放下來的留聲機，黑白電視，西式馬桶等物件構成的生活，將還是少年的我完全迷倒。

我當時雖不認為那裡是自己將來要去的地方，卻清楚記得自己因為有幸跟那個家有關聯而感到無比興奮，可以說鎌倉的家所散發的迷人魅力完全擄獲了我的心。

即使如此，在接近假期的尾聲時，我也很自然地回到清水，繼續過著與祖母的兩人生活。不知道祖母是用怎樣的心情看待我這個離開她去鐮倉的孫子？但這也是我後來才問自己，少年時代未曾想過的問題。

在清水的家與祖母的生活又是另一種十分熟悉，有別與鐮倉的家的居家感。中午時分前來取貨的魚販在傍晚送來處理好的鰹魚生魚片新鮮得沒話說，獨特的黑色魚豆腐、海豚肉乾（血合肉乾）[2]等當地特有的食物也深得我心。

祖母自製的，將觸鬚塞進身體裡的水煮烏賊、醬油滷鰹魚中骨刮下的碎肉、向從久能海濱來此做生意的婆婆買的新鮮草莓、現撈現煮的水煮魩仔魚或是曬乾的魩仔魚等等也是我喜歡這裡的原因之一。

雖與鐮倉的家不同，但在戰後可以過上較一般人來得豐足的生活，在經濟上不

1 火腿品牌，一八七四年英國人William Curtis在鐮倉養殖豬隻，製造火腿販售給在橫濱的外國人而得名。

2 血合肉為魚的側線皮下一層深紅色肉，是為了貯存氧氣，供迴游時肌肉持續運動所需，也能夠調節體溫。保鮮不易，氧化後就會讓顏色更黑，營養價值較普通魚肉高。

曾感到些許困窘，應該也是為了維護祖父的面子吧。

我與祖母在清水八幡神社後方的兩人生活，是以佛壇、爐灶、餐桌、防蠅廚櫃、障子（和紙拉門）、地板為三和土的廚房、需靠冰塊保冷的冰箱、捕蠅紙、蒼蠅拍、鮭魚、紅薑絲、芝麻鹽等為基礎所建構出來的，我自然而然地熟悉著這一切。

這樣的生活，再加上鎌倉的家所感受的氛圍，成了我少年時代接受自己的方法。我有兩個世界，能分別悠遊其中。祖父為我鋪好軌道，我也就乖乖照著走。

然而若是從一般社會觀點來看，這很明顯是祖父建構在另一個虛構上的軌道，命令妻子即祖母養育我到某個時期，自己則是在鎌倉讓「鎌倉家的奶奶」作為他表面上的妻子共同生活，這情節簡直就像是他筆下的虛構故事。當時的我沒有想過自己的未來究竟會走向何方，也許是當下的生活方式使得我欠缺危機意識吧。

總之，我從小學四年級開始，在清水的家是由祖母扶養的孫子，到了學校放假的時候，便是來到鎌倉寬敞的家中，已故長男之子。我持續扮演著這樣的自己，在兩個世界來來去去。若要拿當時的自己來開玩笑，應可自嘲是一種兩棲類動物吧。

我覺得當時的自己，某部分很像那些街貓，於是不時把來到庭院的貓兒與善福寺的直次郎的生活方式拿來比較。

牠們雖然是野貓，但生存範圍裡總是不脫離人類，一定也以某種形式與人產生關係而活著。相較於來到我家庭院的那些貓，直次郎的生存方式應該嚴峻許多，所幸有幾個人會來餵食，牠可以靠著與這些人的緣分生存。只是直次郎雖是街貓卻又更接近野貓，將牠拿來比喻我的成長過程似乎有些勉強。

另一方面，以阿健為首，拜訪我家的那些貓兒，在附近的幾戶人家也各自有牠們的名字，叫了會回應，在各家備受禮遇，有些人家除了飼料之外，也會將晚餐多出來的菜給這些貓食客，因此把這些來來去去的街貓各個都養成了高品味的美食家。

面對整條街的和洋中菜，牠們時時任性地展現自己的喜好，對於某家端出的菜色，只嘗了一口便毫不留情地轉身，還一臉嫌棄表示「今天的心情適合吃法國菜……」然後往下一家走去。

只是，這些遊走於各家，看心情「臨幸」美食的街貓，到底會在哪裡歇息呢？

附近有戶人家是擁有蒼鬱庭院的純和風住宅，門與玄關之間還有個中門，記憶之中，這戶人家還曾傳出鼓聲。我們搬來這兒時，這棟建築就已經呈現著古色古香的數寄屋[3]風格。

若只從外觀氛圍來考慮，它的緣廊高度對野貓來說是很安全的，因此我總是想像著阿健吃飽後都會回到那兒去休息，或是在風大雨大的日子、生病的時候也都藏身於此靜靜度過。

只是那處可說是絕佳棲息之地的古屋，總有一天也會因為某些緣故而不能再去，到時，原本悠然自在的野貓，恐怕也難保心情平穩不受影響吧。

到時，貓兒就得另尋棲身之處。雖然已經擁有獲得數家人餵食的權利，然而棲身之處仍是攸關生存的大問題，牠們也被迫得要思考、摸索究竟該以何處為根據地。

而我又該以何處為根呢？這個問題在我國中畢業之前，突然降臨。

有一天我從學校回到家裡，祖母命令我坐在火缽之前，她點起佛壇的燈火，敲了一聲鉦，異於平常地深深低頭默禱，好像永遠不會抬頭似的，過了許久才緩緩回頭看我。她不斷地以灰耙在火缽之中畫出波浪又再弄亂，一次又一次，一臉抱歉的模樣，最後弱弱地吐出話：「一直告訴你早已不在世上的母親，其實還活著。」

祖母的這段告白像是在一輩子最難演的舞臺劇上說出的臺詞，並沒有像根針刺進我心中那樣引起我的激動，對我來說，大概早已在心底認定我會一直在清水與鎌倉兩邊的家來來去去吧。然而鎌倉的家雖然是祖父家，卻也是他與非婚妻子、「鎌倉家的奶奶」所居住的地方。「鎌倉家的奶奶」以文士家中女主人身分自居，那裡不可能是我這個孫子可以共同居住的地方。

不過若說清水的家就是我的根據地，似乎又沒有這麼簡單。

3　一種日本傳統建築樣式，融入了茶室風格的住宅。

清水的家在一定的期間內，是祖母養育著我這個與父母生離死別的孫子，暫時的根據地。高中畢業後我將前往東京的大學就讀，留下祖母獨自守在清水的家，對於當時那個年紀的我來說，是非常脫離現實的。

這一整套由放蕩、遊蕩的祖父定下規則的家庭遊戲根本就是破綻百出。換句話說，對我而言，不論是清水的家還是鎌倉的家，都有如海市蜃樓，總有一天勢必會消失。

現在回想當時的我心底究竟在想什麼，就好像是把自己放在一部性能優異的顯微鏡下觀看，卻怎麼也看不出個所以然來，不論再怎麼分解、分析，卻什麼結果都沒有。

我大學四年都在外頭租房，休假時就回到祖母所在的清水那邊，鎌倉的家則是為了去拿房租錢，一個月回去一次。大三那年，祖父以七十二歲之齡逝世，他最後住到醫院裡，在他去世之前，我還把剛出版的新書送到醫院給他，離開人世之時，祖父仍是現役的文士。

祖父死後，祖母離開了清水，被父親的弟弟也就是我最大的叔叔接到京都同住，祖父死後的隔年，祖母離開叔叔家去旅行，回到她的故鄉遠州拜訪親戚，也回清水去見了過去一同去進香的朋友，到了東京住在二叔家，見了小叔叔與我之後，在旅途中像是忘了呼吸般於睡夢中去世了。

那一瞬間，我在這個世界上唯一的住所，就只有在目黑區祐天寺租賃的那棟名為「何方」的公寓。

試著拾起記憶之穗，「鎌倉家的奶奶」後來繼續悠然地居住在鎌倉的家，十六年後才前往另一個世界。

那次祖母向我坦言之後，在祖父的告別式上，我第一次見到了母親，她目前亦健在，與她的女兒同住，我一年會去見她幾次。

遲到多年的母子相會，一般會有的溫馨場面，開心又興奮的心情不時上演，然而只要沒有別人，只剩下母親與我獨處時，柱子上時鐘秒針的聲音聽來特別響亮……嗯，這件事就成了我到晚年該面對的一大課題。將我一生下來就失去的螺絲找回來，一點一點慢慢鎖回我身上。

沒想到這章竟然會成為回憶自己身世的長篇大論。我想說的是，在大學生活中，某天突然在這世上唯一的立足之地只有「何方」的我，後來才終於學會了在「家」生活，然而將自己比喻為街貓的病，雖不時發作卻也慢慢減輕了。

第六章 Leon 的性感臺步[1]

苦艾酒去世之後來到我們家庭院的眾多街貓之一便是Leon。雖然叫Leon，長得卻一點也不像獅子，而是與阿健同是黑白毛色卻又有著微妙差異的貓兒。

有次我打開拉門要去庭院放飼料，Leon身輕如燕地跨越拉門的軌道進到屋子裡

1 原文為和製英文Monroe Walk，指的是瑪麗蓮．夢露在電影《飛瀑慾潮》中所展現，左右擺動腰肢的性感步伐。

來，讓我有些錯愕，畢竟是第一次有來我家蹭飯的街貓闖進家裡。

不過，Leon不是野貓，脖子上有項圈，只是嚴重褪色，一開始我還沒發現。也不知是哪家的貓，牠就這麼大剌剌地進到屋裡來。一般來說，家貓只跟飼主一家人親近，對外人應該還是會保持警戒才是。或許來家中拜訪的客人坐久了，牠就會稍微放鬆些，願意坐到人家的膝上，但沒看過會自己跑到別人家去的。這是貓與狗不同的作風，可視為對飼主的忠義或禮貌吧……嗯，總之貓這種動物就是比較小心謹慎，猜忌心重。

但Leon完全不是這麼一回事，一出現就一副老神在在，最奇妙的是牠就算遇到了好逞凶鬥狠的獨行俠阿健竟也能成功打圓場。我想對阿健來說，教訓這麼一個大剌剌的傢伙，對於牠的名聲也不會多加幾分吧，於是這隻稱霸四方的大哥大也就不威脅那隻人人好的笑面貓，並給予這個來自異次元的對手一定的尊重。

不過阿健也只是藉此確認了自己還有那麼一絲的佛心，兩貓的感情並不特別好，牠們之間的關係大致也就如此。

Leon是我們斜對面那間有塊廣闊空地的K家所養的貓。K家男主人因年紀很大了，約在八年前去世，我還記得我們一搬來這兒，他便一直對我們很好。男主人以前是船長，往來於四海，退休後在船公司擔任顧問，他會利用家中空地種些花果蔬菜，不時分一些給我們。我們家那棟老房子要改建時，他知道我們沒有請人來見證上樑儀式，便帶著神酒前來，為我們祭酒祝福。

「細君一切都好嗎？啊，平安就是福。」

老先生每回來送剛從田裡摘採的蔬菜時，都一定會這麼說。「細君」其實應該是「妻君」，為同音字的轉化，我去查了這個字的意思，最早是「向他人提到自己的妻子之稱呼」，後來轉用為「稱他人的妻子」，才發現原來有這樣的演變。很像他們那個世代的日本人會用的優雅稱呼，如今已幾乎是死語，這個字到我們這一代已經不會用了，更重要的是我們已與這個字不搭。

老先生外出時多半會戴著紳士帽，身著深藍色西裝外套配灰色法蘭絨褲，再穿雙不用綁鞋帶的休閒鞋，那一身裝扮真的就是老船長才有的時尚洗練。

Leon應該是老先生還健在時就養了，但我不確定牠是不是那時就已經會跑來我們家。太太常跟老先生聊天，老先生過世後也跟K家的人持續來往交流。老先生不在之後，有次我們有事去K家拜訪，聊到這隻貓會跑來我們家庭院，才知道牠的名字是Leon。那時太太與我都還沒有想到適合牠的名字，所以即使在我家也沿用著牠原來的名字。

據說K家的千金以前住在浦安，某一年深秋人在家中坐突然聽到很大一聲動物的哀叫，嚇了一跳，趕緊跑到附近的公園一看，原來是有一群孩子正抓著一隻貓在水龍頭底下沖水，那些孩子說看這隻野貓很髒，想幫牠洗乾淨，可是那天天寒地凍，貓一淋到水就大聲求救，她實在是看不下去，將那些孩子教訓了一頓之後，便把貓帶回家去。雖然知道牠是母貓，卻還是為牠冠上她最喜歡的暢銷漫畫裡的貓兒之名「Leon」。不考慮貓的性別，她選擇了自己最容易投入感情的名字。之後，她帶著這隻貓搬回吉祥寺，到離我家很近的K家與祖父母同住，以上大致就是Leon來到我們家庭院之前的前傳。

Leon即使進到房子裡來，我們將飼料放在地上牠也會吃，而且完全不在意背後的狀況，沒有任何警戒心，只能說這隻貓生長於幸福之中，早已習慣與人共處。

Leon有時會對從起居室到玄關之間用來隔間的拉門感到好奇，拉門上有塊透明的玻璃，牠應該是不經意轉頭時透過玻璃看到隔壁間的光景，之後每次來，都對拉門另外一邊表現出強大的興趣，想知道那裡究竟有什麼。

不知為何，每當太太試著要抱起Leon時，牠總會四腳撐著身體用力抵抗，卻乖乖讓我抱，至今仍不得其解，該不會是母貓的關係吧，我隨便亂猜。苦艾酒死後，我很久沒抱過貓，幾乎都要忘記那種感覺，如今卻不經意地被提醒。

因為Leon願意讓我親近，我便抱著牠從拉門外走到玄關，再經過走廊到客廳，最後甚至上了階梯到二樓的書房，一路向牠介紹。Leon對於初次看到的這些空間也十分感興趣，像是不斷探險般在我懷抱中伸長脖子左右探看著。

我在二樓的書房試著將牠放到地板上，Leon輕輕地抖動身體之後便蹲坐在地上，看起來很舒服的樣子。

我書桌上有個檯燈，下方放著一個稻草編成的圓型坐墊，那是以前為了讓苦艾酒在我工作時能陪在我身邊的小道具。這個民藝品是有次在旅途中看到，便買下用宅配寄回家。第一次將苦艾酒抱到那坐墊上頭時，牠一臉不爽，不過不知道是不是因為檯燈的燈光很溫暖而讓牠放鬆，牠最終還是在這草編圓墊上轉個兩三圈後躺下，將下巴靠在前肢，尾巴緊貼著屁股，靜靜地沉睡。見到牠那模樣，我忍不住偷偷笑了：「真是，也太可愛了吧。」

就這樣，苦艾酒在我寫著長稿時，便會以那圓墊為據點，安心地睡著。偶爾轉個身，用尾巴掃掃稿子，讓我無法寫字，我只好以左手抬起牠的尾巴，繼續寫稿，不久苦艾酒又會再次翻身，我才會鬆開左手，讓牠把尾巴收好……我忍不住想起我跟苦艾酒有如搗麻糬二人組，彼此配合默契十足的光景。

原來貓兒睡個覺也會一直翻來覆去啊，我在養成這個習慣的過程中，不時這麼想。翻身是為了讓僵硬的身體放鬆，據說是一種與生俱來的智慧。當然人也會在睡眠的過程中不時翻身，在日文中「翻身／轉身」一字卻常與「投向敵方」連在一起，因而常會讓人有「背叛夥伴」的聯想。

只是，用在「背叛」的意思上時，當然就不是在睡眠中自然翻身的動作，而是非常強烈的自我意志之下的行為。苦艾酒在睡中轉身的模樣，就算會打擾到我寫字，也與背叛的意味沾不上一點邊。

此外，這個字在日文的語感上，也有為了讓鑽進牛角尖的想法可以找到出路而稍微放鬆的意思，應該是說藉由轉身，使人打了死結的思路可以鬆綁吧。看著苦艾酒翻身時舒服的模樣，我也得到了同樣的效果。

苦艾酒會邊睡邊打哈欠，有時用力伸出四肢，抖動一下之後，嚅嚅喃喃動著嘴巴像是在說夢話，微微張開眼睛之後又將身體轉了個方向，調整好姿勢，很快地又回到甜美的夢鄉去。偶爾抬眼看到苦艾酒的這一連串動作，對我來說，是工作中的一劑舒壓良方，效果有如起身走到庭園中的涼亭歇息。

書房書桌上的那個草編圓墊還淡淡飄著苦艾酒留下的味道，因此即使牠離開了，我依然將那坐墊留在桌上，但絕不是為了要沉浸在哀傷之中，否則不就辜負了牠教我轉身的智慧了嗎？

如此吟味著這些關於「翻身／轉身」的種種意思之際，原本躺在地板上，張望著四方的Leon快速走向我，下一刻突然就跳上書桌，在我還想說牠是不是要坐進那個草編圓墊裡時，牠早就做完跟苦艾酒一模一樣的儀式，已將身體圈起，穩穩躺好。

這一幕，一下就帶我回到苦艾酒時代，促使我坐下來提筆，為新稿子開張。寫作途中我想起Leon，抬頭看牠，好幾次牠很明顯地睡著了，但發現我在看牠時，便撐著眼睛，微微張開，急忙調整姿勢，假裝自己沒在睡。不過牠睡眠的時間遠比苦艾酒短，大致就是打個瞌睡的程度而已。

Leon睡在圓墊裡的模樣跟當時苦艾酒的影像重疊，我想起那段我一邊望著苦艾酒在草編圓墊上的睡姿一邊寫稿的時間裡，有一種被「自己適合當個文字工作者」的氣氛給包圍的奇妙感受。因此，雖然只有短短的一下子，我心中浮現了想將Leon當成苦艾酒替身的想法。也就是，我因為找到了苦艾酒的替身，拋棄了先前不再養新貓的決心而感到一股罪惡，「你作弊！」這句話不時在胸口浮了又沉，浮了又沉。

但是Leon對我不斷變動的想法毫無所覺，非常自然地養成了在這草編圓墊上小眠一刻的習慣。我心想這畫面還是不要讓太太看見比較好，如果是在跟太太一起待的起居室也就罷了，書房是我的私人空間，更何況我還把Leon當成苦艾酒的替身，要是不小心讓太太知道了恐怕不妙，這個想法又帶給我一種隱約的快感。

有時當我寫長稿寫到一半，起身走到起居室去喝杯咖啡，偶爾會發現Leon現身於庭院之中。其他的貓兒來我家的目的是飼料，Leon則是想要我書房書桌上的草編圓墊。從拉門打開的空隙溜進起居室時，Leon看向玄關，這意味著牠已經將從玄關那兒爬上樓梯到二樓書房的路徑牢牢記在腦子裡。

第一次是我抱牠上去，之後再要抱牠上去，性急的Leon便會在走廊的中途就從我懷抱中逃走，像是早已摸透了這一路的風景般咚咚快步行走，理所當然似地往二樓走去，牠身輕如燕跳著每一階樓梯時的身影，散發出奇妙的魅力，我偷偷稱之為Leon的性感臺步，也才又深刻地體認到「啊！Leon果然是母貓」。

「Leon上來，我稿子就寫得不太順……」

我抱著似乎已不想再待在書房的草編圓墊上睡覺的Leon走向起居室，太太點頭「嗯」了一聲，眼睛沒有離開電視。我打開拉門，將牠放到地板上，Leon馬上有如脫兔般飛快跑掉，到庭院裡打了個大哈欠，交互伸展前後肢之後，咻地就跳上圍牆，朝K家的方向邁出步伐，身段仍有瑪莉蓮‧夢露的味道，我差一點就要對太太坦白，但我偷瞄了一下太太，最終還是又吞了回去。

Leon離開沒多久，阿健乍然從另一個方向現身，緩步走近拉門，伸出爪子在紗門上抓了幾下，表示「沒發現本大爺早就來了嘛！」這時候，太太跟我都會慶幸好在Leon沒碰上阿健，平安回家了，但也是這時才發現，阿健跟Leon從來不曾打過架。

第七章 夏拉蘭受難記

有一天，我叫了計程車，看看時間差不多了便往外走，剛踏出玄關的那一瞬間，就聽到兩隻貓激烈的低鳴聲劃破空氣，彼此互吼，且叫聲愈趨尖銳激昂並快步從我眼前跑過。

我沒猜錯，其中一隻果然就是阿健。主角沒變，對手一直在換，這一帶若有貓打架就一定有阿健的份。另一隻我直覺想到的是不時來到庭院裡的小貓。與其說是兩隻貓打架，明顯就是阿健單方面襲擊小貓，又是追逐又是驅趕。與成貓阿健相比，小貓顯得體型弱小，牠身上是淡咖啡色的直條紋，臉的正面與胸口一帶則為白色，看上去是隻漂亮的母貓，近來才出現在我家庭院。

只是有了Leon的前車之鑑，知道野貓的雄雌並不容易一眼就看出來，因此太太跟我想再多觀察，暫時不替這隻小貓取名，同樣也以飼料招待這隻不時來到我們家庭院的小貓。

想想阿健與小貓兩者的強弱對比，小貓別說沒勝算，還可能遭受致命的傷害。阿健可能也只是基於雄性本能追擊小貓，從阿健桀驁不馴的吼叫與小貓孱弱的叫聲聽來，不難想像會是什麼情形。總之，我判斷首要之計得先制止阿健。

小貓很聰明地快步潛進大門旁倉庫底下的縫隙，雖然已被追得走投無路，至少倉庫的底面與地板之間的縫隙十分狹小，僅能勉強容下小貓的身體，阿健是怎樣都進不去。但阿健仍以低鳴威嚇著，並以兩隻伸出利爪的前肢交相往縫隙裡面掃，激動地想把小貓勾出來。

我斥責地喊了一聲「阿健！」，只見牠一下是「我們兩貓之間的問題，你這人類插什麼手？」的不滿表情與「你有什麼意見啦！」的流氓狠樣相互交錯。即使如此，我還是想在計程車來之前，救出小貓。此時太太正在客廳接電話，似乎沒發現門外的騷動。

阿健不斷向小貓施壓，一瞬間突然回頭，不可置信地看向一直在罵牠的我。看到牠的眼神，我有點不安。過去阿健來到我們家庭院，在紗門上留下爪痕，我也不曾如此怒氣衝天，即使在意牠伸出來的爪子，還是會給牠東西吃。

阿健一定也認為這家的主人理解自己，包含性格在內，畢竟牠來我家的時間那麼長，確實可作這麼想。

我斥責著阿健，牠一定非常意外，甚至感到被背叛吧。牠的不爽、不滿以及不安，揉合在一起，反映在眼神之中，與我四目相交。

實際上在那樣的情況下，我若不拿出一定的威嚴嚇阻阿健，一定救不了小貓。另一方面我又擔心計程車很快就要到了，心一急也管不了那麼多便大聲吼了出來。粗暴的我與阿健對看，應該只有一秒的時間。

下一個瞬間，阿健小心翼翼地與我還有小貓拉開距離，慢慢後退，臉上的表情像是在對我說「唉喲，誤會，一場誤會嘛」，甚至浮現出「啊哈哈哈，真不好意思啊」的笑容逐步淡出離場。

我朝倉庫底下望去，帶著彷若鬼平[1]趕走盜賊的暢快心情，在心中念著「沒事了，放心吧！」但小貓仍舊懷著恐懼與警戒，剛才的低吼雖已慢慢變小聲，卻還是不肯從倉庫底下出來。

後來太太終於講完電話過來，計程車也同時抵達，我便出門工作去了。

這隻小貓後來成了隔壁Ｔ家的貓。牠長得美，個性又好，我本來就覺得遲早會有人收養，成為家貓，但沒想到會是隔壁的Ｔ家。話說回來，貓兒不是可愛就可以成為家貓，能找到彼此有緣、相處融洽的主人家，真的是幸運中的幸運。

太太跟隔壁Ｔ家的夫人很熟，我不時可以從客廳隔著玻璃門看到她們站在圍牆兩邊對話的光景。太太也覺得曾經來過我們家庭院的貓兒可以被隔壁Ｔ家收養，總算是安下心來。

之後，某個時期開始，太太就稱那隻小貓為「夏拉蘭」，似乎是從T家夫人的名字演變而來的。「夏拉蘭」聽起來就像羅德利果《阿蘭惠斯協奏曲》[2]的其中一段「SHARARA～Z！」，每當太太叫著「夏拉蘭」，我總笑她是在哼「SHARARA～Z」！

夏拉蘭成了鄰家的貓之後，有一陣子都沒有再來我家，不過牠不像是苦艾酒那樣被限制活動範圍只有在家裡，後來還是又再現身，只是再次來到我家庭院裡時，表情與行動都跟之前不太一樣了。

首先，隔了一陣子才又見面的夏拉蘭看起來已有了T家的氣質。與過去流浪時不同，應該是有足夠營養的食物，牠的身軀膨脹了些，與昔日被阿健追趕、躲到倉庫縫隙裡的那隻小貓已不可同日而語。

1 池波正太郎所著的時代小說系列《鬼平犯科帳》裡的主角。

2 霍亞金・羅德利果（Joaquín Rodrigo Vidre，一九〇一——一九九九），西班牙作曲家。《阿蘭惠斯協奏曲》（Concierto de Aranjuez）是他最有名的作品。

原本清秀可人的長相也出脫得更加美麗而洗練。因為環境的變化，使得夏拉蘭女大十八變，對於看過牠小時候在路上流浪模樣的太太與我而言，不禁有些感動，最直接的感想就是夏拉蘭成為T家的貓真是幸福。

另一方面，對於夏拉蘭的態度，我們也有了微妙的變化，不知該說是「嗯，原來如此」還是「唉，真不懂」。具體來說就是牠對過去認識的人完全不予親近或是感念，一副冷淡的樣子。害我很想逗牠說：「誒，想當初你被阿健追趕，躲到倉庫底下時，是我救了你耶。」

牠這種態度在動物生態學上來看根本就很理所當然，我們卻自顧自地感到不滿與失落，於是我腦中浮現了落語《妾馬》的情節。

《妾馬》是講述大名[3]故事的落語代表作之一，雖然有不少好笑的橋段，卻仍不失格調。

故事講述居住在裏長屋[4]的一名孝順女孩阿鶴，被大名赤井御門守（大名赤井御門守與家老田中三太夫是時代劇之中常見的搭配，在這齣落語之中，也有三太夫出場的橋段）看中，娶回家當側室，並為大名生下了子嗣，因此阿鶴也升格為「阿鶴夫人」。

有一天，阿鶴夫人的哥哥八五郎被主公召來城內，吃了一頓大餐，八五郎不論是說話還是動作都不斷出糗，主公卻十分欣賞他的真誠而有趣。八五郎向坐在對面的阿鶴傳達母親交代的話時，忍不住感傷落淚，這段展現動人親情、感人肺腑的橋段也是六代目三遊亭圓生的招牌戲碼。

相較於八五郎不懂得被召喚到大名居所的意義或者該如何應對進退的態度，我更喜歡三太夫在一旁看得又驚又急的模樣，比起圓生，我更愛三笑亭可樂的演法，不過這些事情都不重要。

八五郎因受主公賞識，被任用為家臣，主公甚至親自賜給了「石垣杠藏　源

3 日本封建時代擁有大片土地的領主。

4 相對於蓋在大馬路邊，前為店面後為住家的「表長屋」，「裏長屋」位於巷子裡，房租較便宜。

蟹成」這奇妙的武士名。有天八五郎被派任為使者，得騎馬去出任務，但對馬術一竅不通的八五郎對於眼前的馬兒根本不知該如何是好，一旁的三太夫看得又好氣又好笑，忍不住開口詢問：「石垣氏，你要往哪兒去？」八五郎答曰：「去哪兒，問問這馬唄。」成了搞笑的哏。側室又稱為妾，再加上有這個段落，此劇因而取名為《妾馬》，但若不演出這個笑哏就無法傳達此劇的意義，因而也有人題為《八五郎出人頭地》。

這裡提到八五郎來到主公的城內，與舉手投足、用字遣詞都已如「上等人」的妹妹感到隔閡，不免有些寂寞而忍不住抱怨的橋段，這個橋段與夏拉蘭給我的感覺重疊，簡單來說，夏拉蘭就等於阿鶴夫人，而我就是八五郎了。

夏拉蘭浸淫在T家的環境之中，完全脫去了野貓的粗鄙，成為一隻高雅貴氣的貓，隔了好一段時日在我們面前出現時，怎樣都不願與我們眼神交會，著實讓我很在意。不知牠是不是想要我們看到牠變漂亮了，特別在意風向，將毛髮梳理到近乎神經質的地步，明明很在意我們的目光，卻又要裝出自己的身分早已不同的態度，因此，望著阿鶴夫人，不，是夏拉蘭的身影時，我不免感到些許的不滿。

比起我，太太心胸寬大許多，看著夏拉蘭脫胎換骨的樣貌，由衷替牠感到開心，不像我，把牠當作是從裏長屋的孝順女孩變成阿鶴夫人，刻意與人拉開距離，有一陣子心裡不是很痛快。

不過，沒多久，我終於可以接受裏長屋的阿鶴變成阿鶴夫人，也就是夏拉蘭蛻變了。所謂的蛻變，不過是太太跟我一廂情願的想法，妄想崩解之後，剩下的就只有真相，原來錯不在夏拉蘭，因為人家可是隻公貓，什麼孝順女兒、阿鶴夫人的形象，不攻自破。

太太本來就很想知道「夏拉蘭」真正的名字是什麼，有天終於向T家的夫人問起，原來牠在T家被取名為「SASORA」，另外，T家夫人表明牠是隻公貓。至於T家為何會替牠取這個名字呢？當然跟什麼《阿蘭惠斯協奏曲》的這段「SHARARA～Z」一點關係都沒有，卻是跟T家的氣質十分相符呢。

原來T家很久以前養過一隻名叫「花蓮」的黑貓，從這名字聽來，應該是母貓吧。我也許見過牠一、兩次，那時來我家庭院的貓群之中，也曾有一隻很罕見的黑貓出現，我猜那就是花蓮。

花蓮約十六年後離世，為了排解牠不在的寂寞，T家迎來了另一隻黑白色的公貓，名為「朔」。經過四年左右的時間，有天朔出門之後就再也沒有回來了。

幾年前，T家曾改建，落成之後沒多久，SASORA便出現了。

「SASORA」這個名字據說來自香道中對白檀的稱呼，漢字寫成「佐曾羅」。大約五月，我們在庭院裡遇見牠時，牠還沒成年，身上的毛色較現在淡許多，接近淺咖啡色，據說很像香木佐曾羅的顏色。這名字，真的是精通茶道、香道，平日習慣穿著和服的T家夫人才會取的啊！

到了夏天，原本都待在大門外長椅上的佐曾羅在八月末、雷鳴陣陣的傍晚，進到T家成了家貓，重陽節時被戴上了項圈。冠上來自香木的名字「SASORA」、於重陽之際收下作為禮物的項圈，這真是賦予佐曾羅新環境會有的氛圍。

有句俗話說「栴檀在嫩芽時就已散發香氣」[5]，栴檀即白檀，從名字我們就可以知道佐曾羅（也指「SASORA」）自幼便已香氣逼人。那種氣質也許就是讓我誤以為牠是母貓的原因。總之，夏拉蘭其實是如假包換的公貓。

知道這項事實之後，我們也能理解牠成了T家的家貓，完全不理太太或我的緣由。誤把牠當成母貓，又取了個不知所云的名字夏拉蘭，甚至還拿落語《妾馬》中的阿鶴夫人來比喻，對佐曾羅而言，這是何等失禮？

但話說回來，那天，阿健會攻擊夏拉蘭，不對，是佐曾羅，應該也是一種宣示主權的行為吧。對阿健而言，爭奪地盤這件事，就算對方是隻小貓，也一樣沒得商量，這正是牠的作風。總之，最後夏拉蘭，不對，是佐曾羅成了T家的貓，從此過著幸福快樂的日子。

5 指成大器者，自幼即優於常人。

第八章

阿健變成籠中貓

有天我從起居室走往書房的途中，發現客廳的拉門外有個白色的東西，我停下要上階梯的腳步，走回起居室，確認一下客廳外頭、庭院裡的那東西究竟是什麼。看了那白色的小東西，我忍不住笑了出來，並呼叫在起居室的太太。

太太以為發生什麼事趕緊走了過來，一看，與我相視而笑，並伸出一根手指放在嘴唇上「噓！」了一聲，示意我別再笑了。要是笑出聲，那白色小東西可是會發現的。

白色小東西是阿健。若我們只是透過玻璃門，看到阿健在拉門外，也不會一陣好笑，或是有必要忍住不能笑。只是阿健一直以來，都以孤獨一匹狼或是一方霸主之姿稱霸這一帶，只要牠一現身，其他貓就紛紛走避，竟然也有今日這種模樣，讓我們大感意外。

拉門外頭，是太太隨意放到庭院裡，一個小小籐編造景用圓形鳥籠，原本裡面放了盆栽，後來移走，只剩下空籠子，放在那兒沒打算丟掉，心想也許哪一天派得上用場吧。

阿健竟然在那籠子裡呼呼大睡，而且睡得很沉，還配合籠子的形狀將身體縮成一團，面朝天空，輕輕地將手掌摀在臉上，似乎是感覺到太陽光有些刺眼。那模樣讓我忍不住想吐槽：「這可是公家[1]大人在午睡嗎？」

從兩掌中露出來的粉紅色小嘴，格外誘人。袒露整個肚子、毫無防備的模樣，

1　公家指為朝廷工作的貴族或官員。

其實跟阿健與生俱來的美貌十分相襯，只是將這樣的姿態展現在他人眼前，實在不符合阿健的美學。我們像是看見不該看的場景，偷偷摸摸窺探著沉睡中的獅子、過了花期的蝴蝶般，看著牠睡得好舒服的樣子，太太與我的心臟撲通撲通地跳著。

看阿健睡得那麼熟，心想要是走到牠身邊去說不定還能聽到打呼聲，不過開啟拉門想必會擾人清夢，太太或我都不敢隨意行動。

能夠擠進那小小的籠子已不簡單，而籐編的圓形鳥籠與阿健的組合實在太有趣，要說不合的話，恐怕沒有比這更怪異的景象，偏偏一切又是如此恰到好處，美麗的貓兒將身軀鑲嵌在造型鳥籠中，那景色絕美，無可挑剔，我卻還是忍不住要吐槽：「你可是貓老大阿健吶……」，牠平日的所作所為與眼前鳥籠中的睡姿，落差未免太大。

不久阿健果然將身體擠出籠外了。這也是難免，牠雖然不特別壯碩，但要將身體蜷縮在那麼小的籠子裡，一定很不簡單。在那麼小的鳥籠中牠竟能靈巧地翻身，還微微地張開眼睛嚇了我們一跳，不過牠的眼神並沒有穿過玻璃看向我們。

看著牠的睡姿，我很直覺的感想是「阿健也累了吧」。平常徘徊在這一帶，不時要彰顯其威猛，趕跑其他貓兒，一副理所當然的態度吃著各個人家端出的飼料，生活本身就是占地盤，見到牠時幾乎都是毫不放鬆在巡視各地，偶爾牠也會想要像眼前這樣，忘記一切安心地睡一覺吧。

這麼想的同時，發現阿健把自己擠進去的那個鳥籠，空間雖然有些侷促，卻也提供了牠抵抗外敵攻擊的第一道防線。在我們看來，阿健與鳥籠的組合有些突兀，說不定對牠來說是守護自身的最佳堡壘。

阿健晚上睡覺的地方一定是牠真正的家，那裡必定是個祕密場所，讓牠可以完全安心入睡之處。然而，好鬥的阿健偶爾也會想在溫暖的陽光下舒服地睡上一覺，所以牠才會選了我們家拉門外的那個造型鳥籠來滿足這樣的想望吧。鳥籠的後方是拉門，不必擔心敵人會從背後突襲，這點還真像個劍客。思及此，我眼前浮現的是時代劇電影《大菩薩嶺》裡，在御徒町開道場的劍客島田虎之助，背對著河川，一次與多名敵人對峙的場面。腦中甚至還響起了數十年前的記憶中，過去都演壞人，在這場戲裡則扮演島田虎之助的名演員月形龍之介的聲音，念著「劍即是心，心邪則劍不正」。

阿健雖不是劍客，卻也有天生的防禦本能。或者應該反過來說是劍客從動物身上學到這種野性的本能才對。午睡中的阿健與背對著河川的島田虎之助兩者身影交錯，不過是我小小的胡亂妄想，然而這樣的意識流動確實也是我與貓兒往來時的一種醍醐味。

之後，我又繼續觀察阿健的睡相，牠自剛才到現在一直睡得很熟，從我自己過去的體驗可以想像，那是極度疲勞之後，睡魔來襲才會有的情形。我不清楚阿健這幾天究竟做了什麼，牠看起來像是歷經了好幾天不眠不休的連續戰鬥，疲勞困憊至極，最後終於找到這個放在拉門之前、可為牠阻擋敵人從背後突襲的籐編鳥籠，原本只想稍作休息，力氣卻漸漸從身上溜走，使牠陷入如此熟睡的境界也說不定。

在鳥籠中沉睡的阿健，是多麼使人想拿起畫筆留下的畫面，事實上牠可能只是累壞了而已。這又讓我聯想到漫畫《骷髏13》中主角Golgo 13[2]在叢林深處對自己注射嗎啡，靜靜等待熱病褪去，或是躲在神社中堂裡養傷度日的帶子狼拜一刀[3]之形象，在我腦海中不斷與阿健的身影交疊。

就在此時，阿健翻了個身，為了遮擋陽光，將原本放在臉上的小手移了一下，再微微張開眼睛，迷迷濛濛望向天空，眨了兩三下眼後，突然睜大眼睛，似乎是發現了太太與我在牠眼前。

阿健眼睛的顏色是有如中東一帶建築物會使用的淡藍，這幾乎又與牠粗暴的形象完全相反，而產生一種反差萌。這淡藍色的眼睛中央細長如線的眼瞳，在發現獵物的那一瞬間便會睜大成圓形。

大概是認為與我們之間還有個玻璃拉門隔著的關係，阿健很快又放鬆，並且刻

2 《骷髏13》主角Golgo 13為擁有一流狙擊能力的殺手，沉默寡言，從不握手，也不讓人站在他背後。

3 帶子狼拜一刀為時代劇漫畫主角，帶著甫出生即喪母、仍是小嬰兒的獨子拜大五郎浪跡天涯，以一命五百兩的代價接受他人委託行使刺客任務，以籌措為妻報仇的資金。

意打了個大呵欠，將兩前肢伸得直直的，抵住鳥籠的邊緣伸懶腰，完全沒有要起身的意思，就這麼閉起眼睛再度進入睡眠狀態，從牠的表情可以感受到牠重新整頓了心情，一副「看到不預期會看到的東西，唉，不過算了懶得理」的樣子。

至此，太太與我終於發現我們打擾了阿健的白日夢。因為當下這明亮和煦的風景與我們所認識的阿健太不搭軋，讓我們看得入迷，我甚至在大白天就想要開酒，以這景色下酒。好不容易太太準備要回到起居室，我也打算上樓去書房時，籠中的阿健有了動靜，吸引我們又再次將目光轉到牠身上。

從阿健的動作可以感覺牠似乎是因為看到我們而無法安睡，「你們這些人真的很不知趣，擾人清夢！」瞪了我們一眼之後，緩緩起身，慢慢步出鳥籠。接著以銳利的眼神像是在警告似地看著我們，口中念念有詞。由於擠在狹小的鳥籠裡，牠臉頰上的毛都亂了，以人來說就是剛睡醒、頭髮亂七八糟的樣子，與牠平常整理得一絲不苟的帥臉相比，多了一種難以言喻的迷人魅力。阿健瞄了鳥籠一眼之後，便把我們拋在身後，悠哉悠哉地走了。

我看著阿健離開後的籐編鳥籠，再次感嘆這麼小的空間牠還真能把自己擠進去，同時憶起以前苦艾酒也喜歡把自己擠到很小的地方。有次太太為了要曬梅乾，買了一個不是很大的竹篩，後來不知何時開始，苦艾酒午睡時必擠進那小小的空間裡……突然想起這件往事，我趕忙上樓去書房，攤開稿紙，舉起筆，花了段時間回想著關於苦艾酒的種種事跡之際，又在意起阿健，牠離去的背影透露出深深的疲倦。阿健雖然本來就算不上體型龐大，但能擠進那麼小的籠子裡，說不定就證明了牠比以前消瘦。對於好鬥的阿健而言，今後的生存想必更加辛苦……我口中喃喃念著這些事，腦海突然浮現一個新計畫，並在目擊了阿健午睡的一個月之後的某天，加以實行。

我拜託時常來載我的無線電計程車司機T先生載我去井之頭通上那家寵物用品店。之前有次我工作回家時，已順路先來看過擺在店外的一個狗屋。我的策略是將狗屋放在庭院裡的角落，作為阿健白天可稍微小眠的場所。

除了門口擺著的之外，店裡還有各式顏色、旨趣不同的狗屋，我邊物色邊苦笑，未免也太像在扮家家酒了吧，最後還是選擇了擺在店外的那個。作為要讓貓兒進出的小屋來說它實在太大，不過之前我也曾經在紙箱上加片玻璃板，充作街貓遮風擋雨用的小屋，那次的經驗讓我決定小屋還是大一點較好。在T先生的協助之下，我們一起將狗屋搬上計程車後車廂，卻發現車廂門無法完全關上，狗屋的屋頂會有一部分露在外頭。我帶著這個狗屋坐計程車回家，太太看到之後一副「真受不了！算了隨便你」的表情。

我將狗屋放到庭院面向起居室的那個角落一看，意外地竟然剛剛好擺得下。我想像著大風大雨時可能會進水，不過應該不是太大的問題，只要在狗屋裡鋪些報紙，還是滿像個樣的。由於後方有建築物擋著，對於敵人從背後突襲的防備已萬無一失，接下來只要等阿健進到裡面去就行了。

然而，那段期間會到我家的貓除了阿健之外，還有夏拉蘭＝佐曾羅、K家的Leon，新來的阿椿也是常客，偶爾也有隻身上是條紋混深咖啡色點點的傢伙跟乍看像是野貓卻又戴著項圈的深咖啡色虎斑貓會出現。

最早走近庭院小屋的果然是Leon。不知是不是牠跟阿健沒有打過架的關係，一看到庭院裡有新玩意兒，便展現莫大的好奇，在小屋旁東聞聞西聞聞，再探看一下裡面長怎樣，不過也許太在意是剛買來、還殘留著寵物用品店的氣味，Leon最終還是沒有進到小屋裡。

夏拉蘭似乎也頗感興趣，有時會用身體去磨磨小屋，或是跳到屋頂上去，不過還是沒有想進到屋裡的心情，大概是想到若進到小屋裡又碰上阿健的話，恐怕無路可逃。夏拉蘭雖然到了T家之後過著幸福美滿的生活，但是從前阿健帶給牠的恐怖回憶看來是一點都沒有消去。

新來的阿椿或是其他兩隻貓可能也同樣在意地頭蛇——殺氣騰騰的阿健，連靠近小屋都不敢。

而最重要的主角阿健，本來就不怎麼關心世事，即使那麼明顯的一間小屋在牠眼前，感覺牠也完全無視其存在。我原本還想說過幾天若遇到下雨牠願意進去躲個雨也好……只能抱著自己的計畫可能會落空的寂寞心情，靜靜等待時機。

然而，即使我為了牠在庭院裡放了小屋，還是好幾次看到阿健擠進那放在客廳拉門外的狹小籐編鳥籠中睡得好熟，或是為消解疲倦而在裡面休息。不知道牠是刻意無視於我對牠的好，還是覺得「睡在小籠子裡才符合本大爺的美學」，總之阿健的想法，果然不是我可以參透的。

第九章

茶花女與椿三十郎

當那隻花色與苦艾酒十分相似的虎斑貓出現在我們家庭院時，我懷著深深的心緒眺望著牠。這孩子似乎還未成年，身上的虎斑十分清晰，不過因是野貓，難以判別是公是母。

我還在思索著該為這隻貓取什麼名字的時候，太太已經先為牠冠上「阿椿」之名了，說因為牠是在山茶花的季節出現的，讓她聯想到歌劇《茶花女》[1]的緣故。

由此可知，太太認定阿椿是一隻母貓。話說回來，《茶花女》的主人翁是怎樣的一個人呢？

《茶花女》是歌劇大師威爾第以十九世紀法國作家小仲馬的小說、戲劇為藍本改編而成。原文劇名La Traviata有「迷途的婦人」[2]之意，女主角薇奧莉塔．瓦蕾莉是名高級交際花，因喜愛山茶花而被稱為「茶花女」。

薇奧莉塔因青年律師阿弗列德．傑爾蒙不懈的熱情，覺得自己找到真愛，然而阿弗列德的父親出面懇求她「若是真的愛著阿弗列德，為了他的將來，請和他分手吧！」薇奧莉塔只好忍痛犧牲自己的愛情以成就情人的前途，最終阿弗列德得知薇奧莉塔離開的真相，找到她時，薇奧莉塔已病入膏肓，最後在阿弗列德的懷中，嚥下最後一口氣。

若對這隻在我們家庭院裡出現，與苦艾酒有幾分神似的貓兒，冠上高級交際花之名而感到在意，那未免太膚淺，況且我自己不也是搞烏龍？當初苦艾酒的名字，也是以在馬賽港碼頭邊長期喝著苦艾酒而聲音沙啞的酒女之形象而取的，結果苦艾酒竟是隻公貓。所以我在意的也不是劇中女主角的身分問題，而是她犧牲小我，迎向死之悲劇性，拿這樣結局的角色之名來用，我不免有些疑慮。

不過阿椿是因為在茶花盛開的季節出現而得名，在一系列我們家為貓取的名字之中，算是較有邏輯可言的了。若將「椿姬」的「姬」略去不看，只以「椿」來描繪其形象，確實是適合母貓的名字。

另一方面，說到「椿」，我直覺想到的倒是黑澤明的電影《椿三十郎》。這麼一來，假使「阿椿」是公貓，那就當作是「椿三十郎」的簡稱好了。

太太的重點在於牠是山茶花季節出現的，所以對於「阿椿」的名字由來是「椿姬」略去「姬」字，或是我說的，若是公貓就當作是「椿三十郎」的簡稱，並不怎麼在意，總之最後很高興決定這隻神似苦艾酒的虎斑貓就叫「阿椿」了。這個名字就是經過這樣一段你來我往的討論，就這麼噠噠噠地自動彈出來。

1　日文為「椿姬」。

2　此是由作者之言（日文）直譯，法文直譯為「墮落的女子」。

取好名字之外，我在意的事還有阿椿身上的毛色看起來跟苦艾酒十分接近。

日本貓依毛色來分類的話，大致可歸納為下列幾種：黑白黃三種毛色混雜的三毛貓，黑白摻雜的乳牛貓，白貓，黑貓，有白色塊的橘子貓，黑底白色塊的黑白貓，有白色塊的黑褐虎斑貓（三花虎斑貓），無白色塊的黑褐虎斑貓，黑黃兩色交雜的雙色貓（玳瑁貓），以深淺橘色構成虎斑的橘虎斑貓，灰或黃為底色、黑色條紋的虎斑貓。

以這些分類來看的話，苦艾酒與阿椿是屬於「無白色塊的黑褐虎斑貓」，Leon則為「黑底白色塊的黑白貓」，夏拉蘭＝佐曾羅為「有白色塊的橘子貓」，善福寺公園的直次郎為「無白色塊的橘子貓」，阿健乍看是「黑白摻雜的乳牛貓」，然而牠黑色的部分又很微妙地是線條狀，所以若是依這些分類法來看，阿健根本就無法歸類。

阿椿雖與苦艾酒的毛色相近，但是阿椿的褐色感覺又比苦艾酒的更深，苦艾酒的褐色近乎淺咖啡色。這麼一比，不知道是不是因為我們看見阿椿時，大多是牠在庭院裡吃著飼料，或是牠若在夜裡現身，總會打暗號般看向屋裡直到我們看到牠為止，牠的身體看起來很像整隻都是黑的。大概因為牠給了我們這樣的印象，是以第一次牠在我們家庭院裡現身時，太太說牠很像西表貓[3]。

只是，苦艾酒也一樣啊，牠第二次從家裡逃脫出去，最後我們在太陽下山後的漆黑空地找到牠時，看起來也有幾分像西表貓。

苦艾酒體型壯碩，骨架大，有天我不經意地朝庭院裡一瞥，發現不知從何處溜出去的苦艾酒竟追著當時「雌霸一方」的袖萩跑。苦艾酒雖不帶任何惡意或是敵意只是想接近，牠那身軀到外面跟人家一比竟大得驚人，被牠巨大身軀嚇倒的袖萩，顯得十分柔弱。

我見狀急忙飛奔到庭院去逮住苦艾酒，牠在我懷裡不滿地念念有詞。苦艾酒應該是覺得自己好不容易交到朋友可以一起玩，然而事實上牠是追趕著袖萩急得人家

3 棲息在日本琉球列島八重山群島中西表島上的貓科動物。

跳到樹上去。牠當時的模樣，根本就像隻西表貓。

苦艾酒去世之後，我再次於庭院裡看到相同模樣的貓便是阿椿。牠們的形貌雖與被列為自然紀念物的西表貓相似，但西表貓的條紋是直的，苦艾酒與阿椿則是日本貓特有的橫條紋。

阿椿愈大愈具有野性，不論是謹小慎微的動作或表情都是苦艾酒所沒有的，證明了牠是身為一隻在室外成長的野貓，不僅有單純的可愛，更有隨著不同心情而起伏變化的活力與律動。

阿椿會巧妙避開阿健等其他貓現身的時間，小心翼翼地觀察四周，出現在庭院的小角落。每當牠出現，我總想製造出類似傍晚時會有的晚鐘聲——「咚」的一聲。這種時候，阿椿的橫條紋看起來就像是傳統的直紋和服，這也是我擅自說牠姿態萬千的緣故。

拉門外側的紗門因不敵暴力分子阿健亂抓而破了洞。阿椿一臉「這紗門未免太破了吧」的表情看向那破洞，不久便把我們家打探得一清二楚，確定了太太跟我的所在位置。

接著阿椿的眼睛會緊追著太太的一舉一動，因為牠已經知道負責拿飼料給牠吃的人就是太太。被牠直直盯著的太太終於發現牠的存在，推開門，再推開外側的紗門，想著今天要拿什麼來招待牠好。

阿椿在等待的期間會乖乖地將兩手併在一起，輕輕眨眼，動動嘴巴。最後太太找不到合適的東西，只好端出飼料給牠，阿椿便會表現出些許的不滿意，再往屋子裡面瞧，表示「就沒有更有趣的東西了嗎？」一副常客會有的樣子。

太太沒有辦法，只好去翻冰箱找出吃剩下來的乾貨，放在拉門的內側。阿椿先是困惑不解，接著將後腳穩穩踩好，伸出一隻手摸在拉門的軌道上，這模樣簡直就像是要從小門進入茶室的茶人之姿，實在好笑。我原本以為牠會再伸出另外一隻空著的手，但先伸出的那手已勾到放在屋裡的乾貨，下一秒便已將東西拿到庭院去吃了。

「看來牠對我們還是不鬆懈啊……」這隻與苦艾酒神似的阿椿一直不肯卸下

心防與我們親近，多少讓我感到有些失落，但是身為一隻野貓，牠也確實不得不如此，必定得由野性驅使著牠的行為，在那當下牠不是「茶花女」而是「椿三十郎」。阿椿對我們保持著距離感，反而讓我感到放心。

阿椿身上散發著西表貓般的野性氣質，後來慢慢收了起來。我不知道牠身為野貓這值不值得稱許，總之牠出現在我家庭院時，漸漸少了不自然的緊張感。

最顯著的變化是過去從來沒聽過牠叫，後來竟然會發出要討東西吃的撒嬌聲。只是吃完之後，牠不會為了要向我們表達謝意而再叫，意思就是，牠會催促我們餵食，但不會道謝。

阿椿的叫聲是帶點撒嬌般偏細而高的聲音，最大的特徵是會拉長尾聲，急得像是在催人「快點、快點拿東西出來」，然而你若是被牠的撒嬌聲給騙了，趁牠在吃飼料時摸摸牠的頭，牠會立刻發出貓特有的威嚇聲「嚇！嚇！」，接著又是不高興的鳴叫與發自喉頭的低喃交替，嘴角上揚，一臉有如般若的凶惡。我側眼偷看被嚇得收手的太太，暗自肯定牠「很好很好，沒有忘記你的野貓魂就好」。

不多時，阿椿便像是感受到了什麼，三番兩次轉頭看向背後，接著躡手躡腳走向圍牆，咚的一聲輕盈地跳了上去，再探頭探腦小心看著周邊的狀況之後，快步離去。

很快，阿健像是來交接似的，從另一側的圍牆上登場，上場的模樣也同樣是令人想敲一記晚鐘以配合當下的氣氛。阿椿果然是察覺了阿健已來到附近吧。阿健最近有個習慣動作，是先伸出左手掌揮動，看似伸手抓天空的行為完成之後，才緩緩降臨到庭院之中，一副理所當然地吃著太太端出來的飼料。

阿健也許是感冒了吧，最近眼睛開始出現眼屎，還會在左眼下方堆積，垂成一坨。牠原本俊美的臉上掛著眼屎，反而讓表情多了一分淒美，真不愧是阿健。

太太心疼地說：「阿健最近好像瘦了點。」確實牠肚子兩側一帶有些乾癟，讓人擔心牠最近是不是沒有好好吃飯。唉，即使是權霸一時的老大哥也有這種時候。阿健本來就不大隻，一瘦下來整個身材看起來十分單薄。

然而牠吃著飼料仍不忘注意周圍狀況，不時抬起頭來交互看著太太與我時，冷淡的眼神，實在很有味道，我擅自在心中感動著「真不愧是我們心中的大牌演員阿健」。

第十章 嫉妒的遊戲

在寒冬中善福寺公園的池塘邊，天氣晴朗時還好，天一陰沉，那一大片景色就會突然變得寂靜冷清，從池塘上岸的雁鳥、綠頭鴨會把鳥喙埋進身上的羽毛裡，成排成列地將脖子一百八十度轉向身體後方，這幅景象從自小於清水港邊長大的我看來，有如頭戴三度笠，身穿道中合羽（防水防風的雨衣），兩兩互相為彼此整理衣物的次郎長一家[1]。這樣的姿勢已深植在這些鳥兒的DNA裡，成為牠們度過冬天酷寒氣候必備的動作。

在這片風景的稍遠處，某張長椅上可見到一團深褐色，原來是直次郎身上的直條紋。沒看到平常會來餵牠的前輩，只見直次郎獨自趴在長椅上睡著。我拿出事先就收在口袋中的一包衛生紙，將衛生紙裡包著的飼料撒在直次郎的鼻子前面。此時，直次郎對著我悶悶地叫了一聲，我也小聲地喊牠：「直次郎」。

我很懷疑直次郎究竟認不認得我。從牠盯著我插在口袋中的手，預測著我何時會拿出飼料的目光焦點，我得出結論，對牠而言我就是「那個偶爾會帶飼料給我的傢伙」。

不過，話說回來，在善福寺公園邊散步或閒逛的人非常多，其中來餵直次郎的人，包括我稱為前輩的那位在內，為數也不少，我看事實應該是，直次郎粗略地把我當作會給牠飼料的眾多粉絲之一，才認不出誰是誰吧。我與直次郎，一個是擅自以歌舞伎登場的人物替貓取名，一個是不管願不願意就這麼被人任意冠上名字，彼此之間一定有頗大的情感落差。

不管每個來餵食的人，喊的是什麼名字，直次郎似乎都這麼悶聲回應。我邊這麼想邊看著直次郎，不知道是不是我想太多了，覺得牠有點沒精神。是因為上了年紀了嗎？我想，然後望向牠，感覺毛色比從前淡了許多。我一直認為牠是年輕壯碩的公貓，身上的直條紋看上去有如火焰燃燒，威風凜凜。第一次遇見牠時，應該已經是成貓了，之後，不記得又過了多少歲月，如今直次郎應該已經從中年步入初老的階段，再加上冬天的寒冷，對野貓來說必定很難熬。

當太陽照不到池邊長椅時，直次郎會轉移陣地，走向隔開公園與空地的金屬防護網的另外一側，到更裡面的地方去曬太陽。

我有好幾次把手穿過防護網的空隙，將飼料丟向蹲在網子另一邊的直次郎。每次牠都是一臉嫌麻煩的表情，緩緩站起來，走向草叢裡去將飼料找出來，再咔咔作響地吃下肚，然後不忘發出悶悶的叫聲，真守規矩。

有時不論是長椅下或是防護網另一側的空地，都看不到直次郎的身影，這種狀

1　幕末、明治時代，以清水次郎長為首，以靜岡清水港一帶為據點的暴力團體。

況大多發生在下雪或下雨後的隔天。可能是天候的關係，也可能是牠受傷或生病了。還好，過幾天後又會在長椅上發現牠，總算讓人放下心來，然而也會發現歲月的痕跡一層又一層地包覆在牠的身上。

說到這兒，我也開始在意起K家Leon的年紀來了。

從某個時間點開始，Leon只要看到我們家的拉門是開著的，就毫不客氣地走了進來，吃幾口放在地上的飼料之後，便向我打個暗號，要我趕緊起身帶牠去書房。我一打開起居室與走廊間的門，牠便會離開那兒，從玄關穿過走廊，稍微看一眼客廳當是確認過了，緊接著以牠招牌的性感臺步登上階梯，走向位於二樓的書房，咻地一下就跳上擺在書桌上的草編圓墊，在那上面轉個兩圈便窩成一團，沒多久就進入深深的睡眠之中。

就這樣度過了約莫一個半小時的時光，空氣中散發出一種「差不多該帶牠下樓去」的氣氛，我就會像個忠實的守衛，將Leon抱起，逆著剛才上樓的路線走回樓下到起居室，再從拉門慎重地將牠放回庭院裡，而Leon總是頭也不回地朝著K家的方位，踩著性感臺步姍姍離去。牠的毫不留戀或者該說饒有韻味的背影，給人一種成熟的感覺，這也是最近才在Leon身上感受得到的。

Leon最近的變化還有體重變輕，下巴一帶垂垂的，嘴角似乎也不如以往緊緻。上樓時的性感臺步依舊不變，但說來K家的船長老先生去世也將近九年了，說Leon已老恐怕太過，但也稱不上是壯年。

八面玲瓏的Leon不太有遭遇凶惡場面的危險，難得地連跟阿健都能取得互不相犯的默契，這是最教人安心的事。

然而，即使不必擔心Leon有受到重大傷害的危機，但是年紀著實一年一年增長，體力也確實不斷衰退。只有這件事會平等降臨在每一隻貓身上，不分家貓或野貓。

Leon雖稱不上體積龐大，不過從前給人的感覺就滿福態的，有時抱牠會意外地沉重，然而最近牠大概是被抱得很習慣了，不再緊張用力，才會讓人誤以為牠變輕了吧。

說到抱牠，曾聽Ｋ家的孫女說Leon不喜歡被人家抱。確實每次太太要抱牠時，Leon大多是撐起四肢抵抗，然而對我，牠從一開始就不怎麼抗拒，乖乖地讓我抱著，我也因而暗暗懷有一股優越感。

然而，即使我沉浸在這幽微的獨占欲之中，某個時期開始我也對Leon產生了小小的疑惑。因為抱著牠時總會感覺到牠身上散發出一股像是鬍後水或髮膠還是古龍水的味道。

那味道很難想像是Ｋ家的誰替牠噴上的，聞起來像是男用鬍後水。我推測應該是某個人抱了Leon，將身上的氣味沾到牠身上吧。這麼一想，又勾起了我某日的記憶。

話說那天過了中午我要出去，走在家門前的那條路上朝著五日市的市區去，突然看到前方有隻貓正準備要穿越馬路到對面去。雖然是處在與平日不同的場景之中，我仍一眼就認出牠是Leon。我還記得當時因為是在預期之外的地方遇到Leon而感到有些驚喜，還想要上前跟牠打聲招呼：「唉喲，真難得在這裡碰到你耶，要往哪裡去啊？」

可是在前方朝我這兒掃了一眼的Leon卻面無表情，只十分小心注意車流，過到馬路的另一邊，朝著K家的反方向走去。臉上還掛著笑容的我就這麼被視而不見，茫然呆立在馬路的正中央，感到有點落寞，「又不是完全不認識，打個招呼而已，回一下不會怎樣吧……」。

後來我在書中看到，其實以貓的習性來說，那也沒什麼好大驚小怪的，不過就是貓遵循著在牠的行動範圍或是地盤裡應有的行為而已。我們與Leon的關係，只會在牠的地盤也就是在我們家作為牠登場的舞臺時才成立，僅止於此，沒有更好也不會更糟。對我來說，也不算特別深刻的打擊，不過還是想抱怨一句「喂喂！有必要這麼冷淡嗎？」

不過會提到這段記憶，是因為這件事跟Leon散發出來的男性鬍後水味也有關係。

有次我聽太太說，Leon會去一位獨居的老人家居住的公寓，就在K家所在的路對向那一側。據說Leon就像會到我們家來窩一會兒一樣，到老人家的住處去待一陣子。

像我們這樣沒有小孩的夫妻兩人生活，與老人家的獨居，我想像著兩者的共通點，歸納出來的特徵是環境安靜清幽，換句話說，就是不像多人家庭那樣熱鬧活潑，生活氣息相對較淡薄，對於貓這類警戒心強的小動物而言，是非常舒適的空間。

這麼一想，就完全理解Leon會將那位老人家的住處跟我家一樣劃入牠的行動範圍之內，作為牠休憩之地。Leon身上會有的味道，大概就是老人家的髮膠吧，我算是以自己可接受的說法解釋了謎題。

想想Leon會在我書房裡那個草編圓墊上睡個一個半小時後離去，也可能有時就坐在看著電視的老人家腿上窩一段時間。

不過解開纏繞在謎題左右的疑惑之後，我心深處浮現的是近乎嫉妒的情感。再怎麼說，Leon都是母的，也就是女性。身為女性的Leon身上殘留著別的男性的氣味，使我陷入了無謂的嫉妒迷宮之中。當然這樣的想像也不排除一切都是空想，說不定那香氣不過就是K家裡某個家人的味道。

況且Leon也不是我家養的貓，牠去哪裡做什麼事，我也沒有資格查勤，更別說是嫉妒，對Leon來說一定很困擾。另一方面，Leon會習慣去那老人家的屋裡，不也代表那個空間是牠可以放心待著的地方嗎？我對牠的行動提出異議，實在是多此一舉。

再仔細想想，Leon會到老人家的家去，也只是從太太那兒聽來的「傳說」，究竟是否屬實也只能問Leon本人才算數。我在這曖昧模糊的迷境之中繞著圈圈走不出來，以懷疑、嫉妒等不妥當的字眼將矛頭指向老人家，將他捲入我的嫉妒遊戲之中，真是極度失禮。

不知是不是因為我抱著這樣的心情寫稿，Leon有一陣子沒到我們家來。對於想要尋求一個可安心居留之處的Leon而言，這樣的我本身已不心平氣和了，真是最糟的狀況。話說回來，香氣這玩意兒，還真是輕易就能引人遐想。

第十一章 阿健進到狗屋

隔了好一陣子，阿健才終於又來了。在牠現身之前，我聽到遠處有低鳴此起彼落，接著就是噠噠噠噠奔跑而去的聲響。兩隻正在打架的貓猶如蒸氣火車，邊迴轉邊疾行而去……那一陣激烈的打鬥聲通過時，總讓人聯想到這樣的畫面，是一如往常，很有阿健風格的打鬥聲。

下一秒浮現我腦中的是「這次的犧牲者是阿椿吧」。畢竟Leon跟阿健處得算不錯，夏拉蘭則會很小心地選好時間避免與阿健正面遭遇，雖然另外還有一隻有人養的橘虎斑貓或是混了些橘黃色、黑褐虎斑的野貓都有可能成為阿健打架的對象，但我總覺得更有可能是會來我家的街貓阿椿。

鬥陣的旋風很快來了又去，沒多久阿健就現身在我家庭院裡。當然我沒辦法向阿健確認跟牠打架的是誰，不過主角永遠不會變，聽到外面有貓的打架聲，其中一方一定是阿健，每當我這麼想之際，就會看到牠登場。先前看牠好像是感冒還是變瘦有點擔心，但這天牠的氣色頗佳，不過身體還是顯得瘦，耳朵的根部一帶輕微滲血，一看就知是剛打完架。

貓第一次登場對戰時，大多敗戰而逃，大部分也會受點傷。阿健耳朵根部的傷口顯示了牠追趕對手時受了點輕傷，那一瞬間我的眼前浮現的是，在脆弱的眼瞼上方貼了ＯＫ繃的帥氣拳王的身影。見我盯著牠的耳朵根部看，阿健一臉無所謂的表情回看我，像是在說「什麼嘛，不過就一點小傷而已，小傷」。

阿健吃了我們放在庭院裡的飼料之後，一派悠閒地斜躺在紅磚地面，在和煦的春日陽光照射下，身上的白毛閃閃發亮。

不多久，阿健就以這個姿勢，淺淺地睡著了，恐怕也不是真的入眠，而是留著萬一其他貓來襲，隨時可應戰的反射神經，在溫暖的陽光下闔上眼。「對牠來說算是很難得的時光了吧。」我有點感動地望著這一幕。

阿健橫擺著身軀睡著的同時，也照例做了那個伸出左手朝天空揮了揮的動作。被自己的動作給搖醒的當下，阿健發現我在玻璃門另一頭看著牠，向我望來，眼神中透露出「看什麼看！」的凶人氣勢。

接著牠起身，動作看來像是某種重要儀式。牠避開與我四目相交，伸長兩前肢，打了個大大的哈欠。微溼的粉紅色嘴唇在陽光下顯得鮮嫩欲滴。「牠差不多要離開了吧。」在我的注視下，阿健竟然做了出乎我預料之外的行動。

牠小心翼翼地轉身，正當我以為牠要朝平時離去的方向邁出步伐時，牠像是第一次注意到放在庭院中的狗屋，朝它看了一眼，接著小步小步地朝狗屋靠近，在入口處東聞西嗅，最後將頭往狗屋裡頭伸進去，下一步，讓我忍不住張大了眼。

阿健伸頭進狗屋裡聞了好一陣子之後，終於慢慢走到裡面去。我趕忙壓低聲音呼喊太太，並指著狗屋裡的阿健要她「快來看這值得紀念的一瞬間啊！」太太也屏息注目著這一幕。

阿健一度面朝狗屋的內部，接著則像苦艾酒與Leon要坐上那個草編圓墊時會有的儀式，身體轉兩圈之後，臉朝外地坐了下來，折起手縮進胸前。

看到這一幕的太太與我就像是躲在角落陰影處的農民，一直偷看著剛打完關原之戰，盤腿而坐稍事休息的武將，眼睛閃閃發光。原本一直在腦中描繪的圖畫，經過長時間一筆一畫地描圖上色，終於在這一瞬間完成了。再怎麼說，這個稍嫌過大的狗屋也是為了讓野貓阿健有個可遮風避雨的地方而買的啊，然而自我買來到現在過了好多年，阿健卻連瞧都不瞧一眼，最後竟在連放置這個狗屋的我本人都要忘了它存在之際，突然想起似地進到狗屋裡頭去。哦不，更準確地來說，那感覺更像是「好吧，給你面子，本大爺就進去看看囉」。

雖然阿健勉強擠在籐編鳥籠中，縮成一團睡覺的模樣讓人看得入迷，然而進到狗屋去的牠，竟是極度自然合適地構成了一幅饒富趣味的風景畫。

之前，我曾在紙箱上隔一塊玻璃板充作小屋給外面的貓兒躲雨用，當時我看到有隻乳貓躲進裡面，抬頭望向天空的降雨，心裡浮現一股想吟詠詩句的衝動（不過也只停留在衝動，因為很遺憾地吟詩作對的才華我一分皆無）。只不過當時那隻乳貓其實已經死了。

看到阿健在狗屋裡的姿態，一瞬間勾起我回想起那時的情景，不過阿健當然是給人成熟滄桑感，見到那景色，與其說是讓人想吟一句詩，倒不如說是眼看阿健就將吟出詩句的感覺。

阿健就坐在我鋪於狗屋裡的報紙上，輕巧地將身體轉向，面朝外，輕輕閉上眼睛。陽光依然傾注在小屋之前，牠粉紅色的嫩唇也依舊閃閃動人。

我的心像定了錨般，深深感到安定、放心。如果牠能更早就進去，我應該會更開心吧，但正因為要經過這麼長的時間才願意接受，不更像是阿健的作風嗎？我微笑地看著在狗屋中淺淺假眠的阿健。

短暫假眠的阿健突然醒來，與微笑看著牠的我四目相交，那一刻感覺牠似乎在用眼神告訴我「難得有個這樣的小屋，我就進來囉」，我發現那是阿健跟我第一次的心靈相通，牠讓我等了又等，等了又等，等了再等，最後終於接受了我的提案。

阿健就這麼折著手窩在狗屋裡一陣子之後，再度有如皇帝起駕般站起身來，徐徐走出小屋外，然後又再伸長兩前肢，用力伸懶腰，轉過頭來目光銳利地睨視了一直盯著牠看的太太與我。

在此之前，擺在庭院裡的這間狗屋一直乏人問津，不僅阿健沒進去過，其他的貓也沒有誰敢進去。因為它頗大，對於喜歡將身體擠在狹小空間的貓而言，十分不切合牠們的習性，害我很後悔當初不該買這間大狗屋。夏拉蘭，不，是佐曾羅，因為是T家的家貓，多少表現出興趣，我曾見牠靠近狗屋，東聞聞西嗅嗅，最終還是沒有進到裡面去。

果然狗屋就是該給狗住，並不適合貓……有時我也會這麼想。但也因為這間狗屋是對哪隻貓來說都不合適，所以阿健踏進去的那一刻，才會讓我如此有成就感吧。

阿健直接朝著圍牆走去，猶豫了一下是不是要跳上去，接著腳一蹬便上了牆，站在牆上緩緩回頭看了我們一眼，一臉警告我們「剛才你們什麼都沒看到」的表情，做出那個伸出左手在空中揮了揮的動作之後，即緩步朝牠每次離去的方向而去。

阿健每次離去的方向。確實牠都是往同一個方向走去，那個方向的盡頭說不定就是牠的祕密基地，對牠而言，那應該是比我們家更能讓牠安心的場所。

我想像中阿健前往的地方，是從我家出去之後，在K家向左轉的那間純日式建築與廣闊庭園所組成的大戶人家。我們剛搬來時，常會有跟歌舞伎相關的客人進出那戶，還聽說「○△大師的家就在這附近呢」，雖然我已想不起○△確切指的是哪位大師，但記得好像是跟義太夫還是淨瑠璃相關領域的名字。

那戶人家的庭院、屋子看起來都維護得很好，從戶外到中庭一路直通大門，從外頭就可感受到一種鬱鬱蒼蒼的氛圍。好幾次經過都聽到鼓聲在虛空中響起，只是最近沒再聽到了。

總而言之，那戶人家透露出來的氣氛，確實很像阿健會選擇當作祕密基地之處應有的氣息。如果沿著阿健離去的方向畫條線拉過去，總覺得就是指向那戶人家，不過我當然知道不可以偷偷跟著阿健去看，追蹤去向也該適可而止，這是對街貓的一種禮貌。雖然彼此相識，但再怎麼說也不是自家養的貓，必須保持一定的距離。家貓與野貓之間，還有街貓這個富含智慧的領域，而這智慧是來自於貓的。

街貓阿健運用智慧畫出屬於牠的行動範圍，就像我們也有常去的店一樣，牠選定了幾戶人家作為牠常去的地方，而我們家只是其中一戶，應該尊重阿健的選擇，說到底我們是被牠選上的幸運者，卻也有身為被臨幸者，隔著距離與牠相識相知的醍醐味。

說是這麼說，阿健雖然享用著好幾戶人家供應的貓食，但基本上還是野貓，一思及此，不由得擔心起牠日漸年老以及生病時該怎麼辦的問題。

先前偶然看見阿健面露疲色，左眼下方掛著眼屎的模樣，當時牠也是躺在紅磚地面上，跟剛才一樣稍事小眠。我想那是牠不斷面對爭戰，持續在緊張感的作用之下，一時露出疲憊困頓的神色。

但是在那之後，又再次親眼目睹阿健假眠的模樣，我直覺想到不平靜的生活帶給牠的傷害也許不深刻，但再怎麼說隨著牠的年紀愈來愈大，有些什麼正迅速壓在牠身上。阿健終於願意進到我為牠設置的狗屋裡，我突然覺得這已經不是可以單純感動的事了。

話說回來，阿健那個伸出左前肢在空中抓了抓的特殊動作，該不會是以前打架受傷所留下來的後遺症吧。平常好鬥加上年齡增長，生存的壓力不斷加在牠的身上，積累在牠那極美外型內部，這些都是輕易可以想見的。

以前的阿健有種不願依賴這間狗屋的志氣，就算是自己勢力範圍內，人家好意設置的小屋，要是這麼簡單就進去，等於是拋棄了身為野貓的骨氣，我可以想像阿健的心中有這樣不願輕易屈服的堅強。

如今，我眼前的阿健，已經把那小屋作為牠療傷休養的地方，這就是沉積在今日這光景底下的現實吧。這一回想，就能解讀牠剛才離去之前的表情是什麼意思了。「就當作你們什麼都沒看到吧。」阿健想說的應該就是這句話。那我就當作沒看到吧，我想。這是我親眼看見阿健所面臨的現實之後，幾經思考做出的決定。

當這樣的想法慢慢沉澱下來之時，發現「咚！咚！咚！」的鼓聲又再度於虛空中響起。

第十二章 不怎麼光明正大的樂趣

夏拉蘭，不，是佐曾羅，出現在圍牆上的一角，臉抵著樹枝蹭啊蹭，舒服得都瞇起眼了，忽然抬起頭向上望，張著牠小小的嘴，嘴角上揚痙攣，振動著鬍子，是對停留在樹梢上的鳥兒做出的反應，一連串的舉動看起來都像是舞蹈的動作。

我喃喃地念著：「不愧是阿鶴夫人」，明知道牠名字「佐曾羅」的由來，卻還是無法將牠與落語《妾馬》的連結從腦中清除，真受不了自己。不過，佐曾羅在我家還是一樣被叫作夏拉蘭，這又跟香木或是落語經典完全無關，單純是擬聲詞。

夏拉蘭自從變成佐曾羅之後，不論是身段姿態還是表情都變得十分優雅，那感覺不像吾家有女初長成的亭亭玉立，以歌舞伎演員來比喻的話，是隨著時間的推移，從若眾方（美少年的角色）長成二枚目（第一男配角），正是意氣風發的時刻。

貓看到野鳥時會嘴角上揚痙攣，並振動鬍鬚，不論是苦艾酒、Leon或是夏拉蘭都會，卻沒看過阿健做這個動作。當然，阿健一定也有這樣的一瞬間，只不過牠的日常是打架爭地盤，那樣的表情就不會特別醒目。

話說回來，夏拉蘭會露出這樣的表情，代表著天生的野性仍殘留、潛伏在牠的身體與神經深處，休戚與共，這個發現讓我感到新鮮而驚奇。

夏拉蘭不只對小鳥如此，對於在地上的壁虎或是其他昆蟲，牠也會展現出天真的好奇心，並以貓獨特的玩法去逗弄這些生物，那動作有如《義經千本櫻》[1]裡的狐忠信擊打以父母之皮做的鼓時淒美動人，讓人百看不厭。

這個動作也透露出夏拉蘭日漸成長茁壯的訊息，牠健壯挺拔的身軀雖已具備了第一男配角的氣勢，臉上的表情仍殘留著美少年幼稚柔弱的氣息，在牠身上揉合成危險男人香。

夏拉蘭輕巧地從圍牆跳到我家庭院裡，一度從狗屋前走過，突然「咦？」地一聲停下腳步，朝狗屋的方向回頭。我知道阿健並不在裡面，安心追看夏拉蘭接下來的動作。夏拉蘭走到狗屋的入口附近東聞西嗅一陣之後，才小心將頭伸進屋裡，仔細聞了好一陣子。接著，全身僵硬，直挺挺地後退，默默退出狗屋，然後又再進去聞了一次。

牠再度聞過小屋之後，連放在庭院裡的飼料也不靠近一步，直接就跳上圍牆，朝T家的庭院深處走去，不見蹤影。「該不會是聞到阿健的味道而被嚇得魂不守舍吧……」我邊這麼想，邊在心中揣摩著夏拉蘭堪稱戲劇性變化的恐懼。

夏拉蘭前腳才剛離開，Leon就出現在圍牆的另一端，似乎早已在等我，門一開牠就馬上跑進屋裡來，急急忙忙吃過放在地板上的一盤飼料後，便抬起頭來看著我，像是在跟我打暗號。

這天，我有兩份稿子眼看快到截稿時間，卻因前一天晚上喝太多酒而頭腦一片渾沌，正盤算著該找什麼理由分別向兩位編輯多要一天時間拖延一下，然而在與Leon四目相交的那一刻，我突然下定決心要好好寫稿。

太太才一推開平時都關上的通往玄關的門，Leon就熟門熟路地穿過去，從玄關小跑步經過走廊，省略每次都要瞄一眼確定一下的客廳，踩著性感臺步走上樓梯，搖得項圈上的鈴鐺叮鈴作響，一路上到二樓。

我緩步跟在牠之後，在到達樓梯最下方準備要上樓時抬頭一看，Leon已經在樓梯最上方，兩手併攏坐著，一臉催促著我的表情：「要截稿了！要截稿了！」

我走上樓梯，將Leon抱起時，手上傳來的感覺讓我不禁懷疑了一下，「咦？你

1　以歷史人物源義經為中心而編撰的歌舞伎橋段，故事是說鐮倉初期武將源義經的愛妾，同時也是知名的舞女御靜前有個以一對公母的狐狸皮製作的鼓，每當她打響這張鼓，就會有個叫忠信的人前來相伴，源義經覺得奇怪而追查，忠信才自白，原來牠是隻小狐狸化身為人，因不捨已被做成鼓的父母，故每當鼓聲響起時，就會不遠千里前來，陪伴擁有鼓的御靜前。感嘆自身與父母緣淺的義經便將此鼓賜予忠信，日後忠信發現敵人接近，趕緊通報義經，是為報恩。

是不是有點變輕了啊？」Leon是從以前K家老主人還在時，就被他的孫女從浦安帶來這邊養，年紀也不小了。

以前牠會任意從地板跳到桌上，在草編圓墊上轉個兩圈後，將身體捲起來窩在那裡頭，但不知從哪天開始，很自然地變成我得抱著牠放在圓墊上。「苦艾酒晚年時也是這樣呢……」我邊將Leon輕放於草編圓墊上，邊回想當時的狀況。

之後我著手寫了些稿子，Leon呼呼大睡，不時振動鬍子，是在夢中準備跳起來抓枝頭上的小鳥嗎？圍牆上的夏拉蘭與做著夢的Leon，在我眼中合而為一。

盯著Leon抖動的鬍子，牠的白鬍子好像愈來愈多了，這也是牠日漸老去的徵象。Leon念念有詞般動著嘴巴，接著上唇貼在牙齒上，微微外翻，這動作可以說是Leon特有的，也許是因為下巴有些下垂了，才有這樣的動作。

我摸摸熟睡中翻了個身的Leon，故意將牠的左耳向外翻摺。人說貓的眼睛跟耳朵是有生命的，聽覺更勝過狗的一倍，貓得在黑暗中突襲獵物或是敵人，因此耳朵必須要能夠正確判斷各種音頻的聲音源頭。

聽說有人觀察到，母貓察知牠等了半天終於回家的公貓，便會朝牠回來的方向直盯著看，大約兩、三分鐘後，公貓才緩緩地在大約五十公尺處之外的地方現身，可見貓的聽力有多敏銳。這樣的能力當然一定也能在敵人接近時發揮作用。太太或我常常為了夏拉蘭或阿椿沒遇上阿健，或是牠們彼此可以錯開時間不會擠在同時來到我們家庭院而感到佩服，但說不定對貓來說這不過是小菜一碟。

即便如此，貓兒之間仍會有彼此十分接近而產生衝突的狀況，這又該如何說明呢？像我這樣不求甚解的人，只會認為這是另一種貓的不可思議行為或者當作是謎而接受，其實也可說是極度缺乏求知欲到自暴自棄的地步了吧。

話說回來，我這樣又摸又翻貓兒最重要的耳朵，根本就是觸碰到人家的禁忌了吧？然而Leon卻對我的行為沒有半點不耐，被我翻過來的耳朵就這樣放著不管，在適當的時間點還會啪地自動恢復原狀。當然如果對野貓阿健做這種事還要求牠有這種好脾氣是不可能的，這是成為K家的家貓，過著幸福日子的Leon才能有的耐性，願意接受人類。

多虧了Leon的陪伴，我想我應該能夠克服宿醉，趕在截稿時間終止前完成。身為一個搖筆桿寫作維生的人，這僥倖的態度真是不可取。然而貓對我確實有如此大的幫助，過去也有好多次因為苦艾酒的陪伴，讓我可以趕在截稿日前完稿。

我邊回想這些事邊望向Leon之際，才發現牠換了紅色的項圈。先前牠戴的項圈是紫色的，光是換成紅色的，就明顯感覺牠確實是母貓。Leon從浦安被帶到吉祥寺的K家，成為K家的家貓過得幸福的這些日子，讓牠越發具有母貓的柔軟嫵媚，而我也偷偷享受著觀賞的樂趣。

「說到不怎麼光明正大的樂趣……」我口中念著，將鼻子湊近戴有紅色項圈的Leon聞了聞，想起了先前提到的，住在K家馬路對面的那位老人家，但是這次在Leon身上聞不到類似髮膠的味道，這麼一來，我又不禁擔心起老人家來了。前幾天，我要去寄信的路上，一位老人家迎面而來，我們相互點頭打招呼，我沒來由地就認為他是Leon會去拜訪的那位老人家，當時他有些咳嗽……我愈想愈遠了，趕緊把意識拉回稿子來。

戴著紅色項圈的Leon風華正茂，與公貓夏拉蘭有著不同的味道。我完成兩份稿件之後，邊這麼想邊將Leon抱起，Leon似乎也覺得「嗯，差不多該回家去了」就這麼乖乖靠在我懷裡。

第十三章　阿健的結界

這天的事，應該會一輩子烙印在我心上吧。

阿健已是老俠客。牠願意進到狗屋裡去讓我開心得不得了，但後來再進去兩、三次之後，很快就不再感興趣了。那狗屋就相當於時代劇裡盜賊藏身的神社中堂吧，要是每次累了就進到那兒去休息，日漸養成習慣那可就糟了，我猜阿健是這麼想。

不過牠還是會來到我們家的庭院，不改抓紗門的癖好，那扇門實在是破得太厲

害了，有一天太太終於下定決心訂了新的紗門來更換。阿健每次都會以後腳站立，伸長全身抓著紗門，這時可看到牠的前胸或肚子一帶，感覺牠愈來愈瘦了。

每當我們拉開通往庭院的那扇門，阿健就會從紗門拔出爪子，等待我們獻上貓食。太太見阿健的胃口一天比一天差，因此除了飼料之外還另外找些東西吸引牠，且次數愈來愈頻繁。

我只要去靜岡出差，就一定會找間雜貨店買些沙丁魚、秋刀魚、鯖魚做的醬油風味魚乾回來，也不是特別為了阿健，我自己也愛吃。一般常見的味醂風味魚乾在伊豆、沼津或是東京都有店家在賣，那口味對我來說有點太甜了。在靜岡買到的醬油魚乾是將魚剖開去除內臟後攤平，刷上醬油、撒上白芝麻後掛在戶外天然日曬而成，不甜的風味較合我的胃口，又因為是我的故鄉之味，別有一種懷舊感。只要烤兩尾醬油沙丁魚乾放在白飯上，以筷子輕輕撥散魚肉，同白飯一起入口，僅是B級蒲燒魚就美味得讓人非吃不可；而烤醬油鯖魚乾只稍以筷子一挾，便可聽見魚身油脂「啾」地一聲噴出，引人食指大動。

即使是食欲不振的阿健對這些烤醬油魚乾也無法視而不見。這道菜的功效過去在吃柴魚片長大一路到老的苦艾酒身上也得到證明，對於年老而沒有食欲的貓，烤醬油魚乾是我們家的必殺技。當然也餵過Leon、夏拉蘭、阿健、茶虎（一隻大塊頭的橘色虎斑貓，太太替牠取的名字，名實相副），但還是最常給已經漸漸不太吃飼料的阿健。

最近阿健只要來到我家庭院，一定會站起來抓紗門，一副「喂！快點端出好料來」的態度，但其實對我們餵的東西大多不怎麼賞光，只小小吃了幾口，便跑去紅磚走道上趴下，一直盯著我們看，不再進去狗屋，也不會打瞌睡，大多時候就只是發呆。

我們家的庭院是由圍牆與房子圍出來的空間，對阿健來說應該是不會有敵人突然出現的安全地帶。那些常來庭院的貓兒，只要阿健在就絕對不敢靠近，牠們類似是在這樣的權力關係之下、這塊地盤內的小嘍囉。阿健自身也從來不會放下警戒心，隨時都處在可立即應戰的戒備狀態，因此在這裡牠有一種沒人（＝貓）敢偷襲牠的安全感，確立了以絕對的力量壓制四方的自信。

不知是不是因為這樣，最近阿健在紅磚地上假眠時，常常伸長四肢，翻出肚子來。可能是經過這麼多年，牠終於信任我們，然而從這個動作，不也可以看出阿健改變了嗎？我感覺到牠因為年齡增長而顯露了疲倦，以及體力迅速衰退。

這一天也是，阿健同樣對我們端上的柴魚片僅意思意思吃上兩口，便伸長四肢，翻出柔軟的肚子，將粉嫩的唇在陽光下曬著，以暫時假眠的姿態展現在我們面前。

不久，不知道是不是意識到了我的目光，阿健緩緩起身，走到離紗門很近之處，隨即坐下來緊緊併攏雙手，收起尾巴。我對牠喊了一聲「阿健！」，牠輕輕地眨了眨眼，是過去從來沒有的直接反應。我又再叫了一聲「阿健！」，果然這次牠就一臉不爽地看著我「吵死了，是要叫幾次啦」。確認這才是我所認識的阿健，我便安心了。

看到阿健在庭院裡現身，我將紗門與拉門稍微開大了一些，阿健一瞬間似乎有些受到驚嚇，但很快又放鬆了。牠的眼睛依舊是美麗的藍色，左眼下方卻時時掛著眼屎，幾乎要成為牠身體的一部分了。

是因為剛從假眠中醒來的關係嗎？牠背上的毛亂豎著。拉門旁有三顆飼料掉在地上，阿健百無聊賴地看向那邊，我從拉門旁移動到沙發去，太太則走向廚房去洗起了碗盤，這段時光就像從前小津安二郎電影的黑白畫面，在我家流淌著。

接著，讓人不可置信的事情發生了。阿健竟然靠近拉門的軌道，將兩手撐在門邊，一副興趣昂然的樣子看著裡面，接著一下就跨越軌道，走進屋子裡來。在這之前，阿健也曾幾次走到門軌附近，但也只是對著屋子裡面探看，很快地感覺像是在害怕什麼，僵著身體退後而去。對阿健而言，到可接觸外面自由空氣的庭院為止都是可以為牠帶來平靜的空間，而屋子的裡面則有如轟轟大洪水流經的危險之地吧，兩者之間便是以那條門軌作為界線，我是如此解釋。

也或許，阿健不願跨過門軌進到屋裡來，是牠身為野貓的矜持。作為內外分界線的那條門軌儼然區隔著阿健的生存空間與不可踏進的地方，一旦入侵，便是打破自己作為野貓的原則。從阿健在門軌附近感受到心靈震懾的模樣，我大致可以推想牠心情的波動。

然而眼前的阿健竟然打破了野貓的原則，跨越了那條結界……這樣的想法整個覆蓋在牠跨越門軌的畫面，我急急向太太打暗號，以下巴指向阿健，示意她看看這不可思議的舉動，太太也不發一語地屏息看著牠。我咬著下唇，守護著這突然且出乎意料的光景。

阿健無視於我們的緊張，正想說牠越過門軌之後會往裡面走吧，牠已輕手輕腳地在房裡走了幾步，看看天花板，看看牆壁，繞了一圈之後，歪頭顯露出疑惑，緊接著換上自己走錯路、不知身在何處的表情，咚咚咚快步走向門軌，然後頭也不回地跳出門到庭院裡去。

我們就這麼呆住，茫然追著牠的背影，眼睜睜看著這一切結束。

阿健跨越門軌時，我確實感受到牠已有相當的覺悟，就要打破身為野貓的原則，跨越界線，走到結界之外了。促使牠做出這個行動的，究竟是什麼？在我心中有幾個答案浮現又消失。

阿健來到我家是在一九九五年苦艾酒去世之前，算算至今也已經有十六、七年了。牠並不壯碩的身軀、俊美的長相，加上好勇善鬥的獨行俠性格，所構成的形象刺激著我聯想到多部虛構故事，自我娛樂了一番。因此阿健已不僅僅是隻野貓，更是披著我虛構故事中裝扮的角色，我們就與扮演著我們心中角色的阿健一路合演至今。

因此，我們都沒注意到阿健身為貓的實際年齡以及完全被角色掩蓋住的衰老，換句話說就是，我們漠視真正的阿健。某種程度來說，我們以看著漫畫裡的海螺小姐或是Golgo 13的心來看待阿健，覺得牠永遠不會變老。

但是仔細想想，阿健少說也在外頭走跳十六年以上了，與我們家的往來，以牠生命長度的比例來說算是十分長久。這樣的時間之中，我們任意對阿健有著各式的想像，而阿健對我們家的態度，隨著歲月的流經，也產生了不同的變化。

阿健突然大發慈悲的「面對這家人，也差不多該稍微放鬆一點我身為野貓的警戒心了吧」，也很符合高齡者會有的玩心，刻意在我們面前跨過野貓的結界走過來。牠是如此凶猛好鬥，何時會發生事故說不準，「趁現在身體還硬朗，稍微逗他們開心一下好了。」我從阿健此時的行動，讀取到牠的心。

我自己也已迎接古稀之年，想起自己的身世：父親病逝上海，我成了遺腹子，在東京出生、清水成長，故作堅強地活了這麼多年——那一刻突然湧現一種平淡又輕盈的心情與之重疊。

被祖父母收養，由祖母一手帶大的我，對於老人的認識非常深刻。大概也是出自這個原因吧，我對於近年來流行的健康養生、抗老，或者是世人認知的所謂慢活、真正的成熟，都忍不住覺得他們沒看到老人所享有的特權——也就是，作為老人的樂趣。

人隨著年紀的增長，很容易變得嚴肅、嚴格、沉重、陰暗，那是因為老了就要被與尊嚴、風範、地位等詞彙加以連結。換句話說，老人就一定會被尊崇為「偉大的人」，而老人本身也被這樣的虛榮給操弄，漸漸失去了身為老人的樂趣。

喜歡老人的我——已跨入老人之境的自己這麼說還真有點奇妙——就如同海螺小姐或Golgo 13永遠不會老一樣，很難有自己已是老人的自覺，說不定下意識也把自己視為虛構中的一角了。雖然已不年輕，但也不自認為是老人，才會不經意地吐出「喜歡老人的我」這樣的話來。

總之，喜歡老人的我，認為老人的魅力是淡泊、不執著、幽默……總之老的樂趣無窮，若是到了瘋癲或裝瘋賣傻的程度又太超過了，單純達到有樂趣的地步是最棒的。我無法判定自己是否是夠格的老人，於是就這麼成為一個喜歡活得像老人的老人愛好者。而阿健之所以會打破野貓的原則，走出那個結界，關鍵應該與老人的趣味有關，我這個喜歡老人的老年人這麼想。

從阿健踩進我家時咚咚咚的輕妙腳步，以及之後一副迷路走進不知名小路、慌慌張張離去的種種跡象，我在腦海中推敲出的結論是，阿健的這項行動很可能並不是完全出自於牠有意識的活動，而是牠覺得可以為我們做些事逗我們開心的念頭，趁牠剛睡醒還迷迷糊糊之際煽動了牠，於是牠就像被人操控似地進到我們屋裡來，後來馬上驚醒，發現大事不妙。所謂的大事不妙並不是因為危險，而比較接近自己怎會睡昏頭到這地步而感到困惑吧。牠很快回神，馬上否認自己曾經踩進絕對不可踏入的空間，如同從夢中逃走般回到牠野貓的世界去。

之後，我以慢動作重播夢境的心情，重複反芻那畫面。仔細回想，苦艾酒的晚年也是如此讓人回味無窮。有次牠從書房的桌上跳下地板，不小心發出了低鳴，趕忙將叫聲吞了回去，隨即回頭看了我一眼，眼神傳達出「你什麼都沒聽到吧」之意，那時牠踉蹌下樓的鈴聲，至今還在我耳中迴響。苦艾酒隨著衰老而使得生命有了深度，即使因病而痛苦到最後離開我們的那段時間，仍然不斷帶給太太與我好多好多感動。

一輩子被迫只能活在家中的苦艾酒與生活在野外、接受幾戶人家的餵食、但絕不願跨過門走進屋內的阿健，雖然同樣生而為貓，生活方式可說是完全相反，雖然我們無法比較出哪一種模式對貓而言是幸福的，仍然可以在牠們隨著時光流逝，變成高齡貓的模樣之中，發現兩者共同的魅力。

不過話說回來，不久就要迎向野貓生命最後的歲月，對阿健來說恐怕很殘酷吧。我望著阿健再也不願進去的庭院裡的狗屋，憂心地想。

第十四章　逆轉的畫面

進入深秋，樹葉開始掉落的某日，我聽到庭院裡又有兩隻貓劍拔弩張，急忙望去，映入眼中的果不其然正是阿健在圍牆上怒髮衝冠的模樣。牠張牙舞爪，尾巴高聳地威嚇著敵手，這是阿健慣有的迎戰姿勢。今天的倒楣鬼是誰呢？我追著阿健視線投射而去的方向，看到同樣站在圍牆上的是夏拉蘭，即佐曾羅，我的心忍不住縮了一下，眼前馬上浮現了過去曾經被阿健追趕到大門旁的倉庫，趕緊躲到地板下，好不容易才死裡逃生的夏拉蘭楚楚可憐的模樣。

然而下個瞬間，我疑惑了。原本應該感到害怕的夏拉蘭，看上去意外地一派輕鬆，雖然也輕輕地低吼著，卻完全沒有弱者那種沒有把握、害怕得發抖的樣子。另一方面，阿健倒是盡全力展現出牠一直以來驍勇善戰的姿態，步步逼近。看著這一幕的我，在阿健與夏拉蘭對峙的這幅畫面構圖之中，有了意外的發現——阿健與夏拉蘭的體型優勢顯然是逆轉了，已長大成貓的夏拉蘭，在我不注意之時，體型已經追上阿健並超越了。

阿健雖是好勇善戰的獨行俠，身材卻十分嬌小。我國中的時候，也有個愛打架的同學跟牠很像，個子不高卻十分有膽子，好強的心成為他最大的能量來源。當然我們也不能斷定個子小就不利於打架。

眼前的阿健看來如此脆弱，夏拉蘭卻一派悠然，對我來說是極不可思議的光景。平常我太著迷於夏拉蘭一舉一動的優雅華麗，完全沒注意到牠已長成了一隻堂堂公貓。阿健在與這樣的夏拉蘭對峙的畫面之中，身影顯得特別貧弱。

挑起戰鬥的想必是阿健吧。對於沒頭沒腦闖入地盤的夏拉蘭，牠一定想要好好教訓一下，然而阿健雖發出吼叫威嚇，瞬間縮短了雙方的距離，卻沒有再更進一步，這也讓我難以置信。

阿健的腹橫肌一帶因連續不斷的吸氣吐氣而一波波起伏，反觀夏拉蘭是偶爾叫兩聲應付應付，有時還偷偷朝我這方向看過來，一臉悠哉。阿健完全沒有餘裕發現我站在玻璃門內側守望著，依舊持續向夏拉蘭恐嚇，低鳴的聲響也是阿健的較大，可以感覺牠不斷想要出手的焦躁。

先前，就算只有一次，阿健曾經打破牠身為野貓的原則，跨過結界而來，正表示牠的野性之牙已不如以往尖利。或許是因為年紀增長而衰老，這句話又再次浮現我心頭。

老了之後才會出現的韻味，與戰鬥模式下的動力是完全兩個極端。從來沒機會與其他貓打架的苦艾酒，充分在太太與我面前展現了年老的境況，但是對於長年處於戰鬥狀態下的阿健來說，可不能如此，這是我在阿健跨越門軌踏進屋內的那一天深刻的感受。那天之後，阿健有一陣子不再出現在我們家的庭院，我想牠應該是在某處思考吧。牠最後終於找到方法排解夢中的疑惑了嗎？雖然清楚知道這不過是我的自我安慰，卻不時這麼想。

總而言之，夏拉蘭與阿健在氣力上優勝劣敗的關係逆轉，在我看來是非常具有衝擊的一幕。

阿健有如無謀挑釁對方出手未果、段位很低的劍士，看上去始終都在胡亂出手，毫無作用。牠會如何結束這場戰鬥呢？正當我腦中浮現這個問題時，阿健很快調整呼吸，壓低叫聲，重新整備了應戰的姿勢，一瞬間，武功高強的劍士不經意遇上低階劍士的不屑表情再度出現。

夏拉蘭不解看著阿健出乎意料地重新振作了起來，終於認真調整態勢，不敢大意並進入備戰狀態，雙方對峙了很長一段時間，夏拉蘭終於退縮，直接就從圍牆上往T家而去。

阿健一直盯著牠離去的背影，鬆了一口氣似地解除警戒，此時才發現在玻璃門內一直守望著的我，皺了個眉頭，擺出牠招牌的不爽表情，伸出手朝空中抓了抓之後，在圍牆上朝著與夏拉蘭離去時的反方向走去，那模樣讓我聯想到將出鞘的劍收好，手抱胸前而去的浪人。「這不是阿椿＝椿三十郎的角色嗎？」我自言自語地苦笑道。

不過，總之最終是平安落幕，沒有任何一方受傷，我拍拍胸脯安慰自己。

很意外地看到夏拉蘭面對打架的場面時竟然展現出如此強勢的模樣。這場戰鬥會不會是由夏拉蘭主動棄權？這豈不是更顯出牠的游刃有餘？在彼此對峙而消耗的情況之下，主動解除戰況，兩者的權力關係高下立見。

另一方面，阿健的心境想必很複雜，牠應該沒想到這過去不必施全力就被追趕至角落的敵手，如今已強大到毫無弱點，再也不可以輕易出手攻擊了。再加上最後還是對方先罷手才讓這場眼看就要爆發的戰爭落幕，一定也讓牠心有不甘。不出手，以氣勢取勝……如果最後導出了這樣的結論，阿健的心中恐怕更感蒼涼吧，可以想見今後會愈來愈常遇到這樣靠多年經驗練成的虛張聲勢，才得以嚇退敵手的局面。

我為了完成剛開頭的稿子而上樓到書房去，後來中場休息又回到起居室，正好撞見阿椿現身，牠正在圍牆上剛才阿健與夏拉蘭對峙的戰場附近聞著，剛才那一觸即發的場面，牠們身上必定噴發了不少腎上腺素。阿椿為了確認那味道，難得走到拉門外側，讓我有些感動，我想牠當隻野貓應該不會有太大的問題了。

然而此時我才看出先前站在圍牆上的阿椿，體型不僅大過阿健甚至超越夏拉蘭，對阿健來說，阿椿未來一定也會成為牠棘手的敵人。只不過，至今我還無法確認阿椿究竟是公是母，從牠的長相到敏捷的動作來看，我總覺得牠是公貓，不過判斷的依據只是牠跟苦艾酒長得很像而已。

阿椿與苦艾酒有著同樣的花紋，此外牠們又有哪裡不一樣呢？我想大概就是家貓與野貓的氣質不同吧。只是在討吃的叫聲上，阿椿的聲音有著母貓的溫柔，那清亮溫柔的叫聲與牠西表貓的外型特徵實在不合。

不過話說回來，有著狂野靈魂的阿健搭配的是一臉的俊美、夏拉蘭＝佐曾羅明明是公貓，一舉一動卻散發出獨特的優雅氣質，Leon奇妙地與我書房桌子上的草編圓墊融合一體，這些出現在我家的貓兒，每一隻都意外地明顯內外不一致。

先不管這些，在阿椿身上確實已出現找到幾戶願意供餐牠、生活逐漸安定下來的感覺。要被收編為家貓可能稍嫌有點年紀了吧……我看著邊吞口水邊吃飼料的阿椿，這麼想。

說到這兒，最近阿椿都會從我們開著的拉門那兒戰戰兢兢地走進來，喀喀作響地吃著放在起居室地板上的那盤飼料。牠會一直等著太太或我將飼料擺放在地板上離開之後，算準時機才進門來，而且吃的時候始終分心注意著我們或是電視畫面，迅速吃完便離開。

阿椿有個習慣是只要看到電視裡面出現人臉特寫的畫面，就會急忙跑出拉門外頭，然後再次探看屋裡的狀況，確定沒事才再走近飼料。

據說電視畫面中的特寫鏡頭，習慣看電視的人覺得沒什麼，但是對從沒見過電視、第一次接觸的人而言是很大的衝擊，鏡頭帶近到臉部特寫時，在他們的眼裡看來就像是被砍下的人頭。我想不起自己最早看到特寫畫面時是什麼樣的感受，不過對於不理解特寫技術的人而言，乍見特寫鏡頭，會覺得看到被砍下的人頭也不奇怪。

苦艾酒最一開始看到電視時，畫面裡是當時還年輕、在海外獲得冠軍腰帶、回國後舉辦凱旋表演賽的藤波辰巳[1]，以他有如特技表演的驚險動作，在擂臺上從繩圈的這頭飛到那頭。牠的目光追隨他，頭跟著左往右來，然而記憶中不曾見牠因為看到人臉特寫而感到害怕的模樣。在這一點上，可以看得見人眼與特寫畫面的阿椿，驚嚇指數可能真的更高。

總之，阿椿會在意我們所在的位置或視線，一方面還要注意電視畫面，一有特寫就立即往戶外飛奔而去，真是有夠忙的。不過要說忙，牠在吃地上的那盤飼料時，舌頭總是急急忙忙伸出伸入，我發現跟其他貓比起來，牠的舌頭似乎較長些。

大概是舌頭忙進忙出的關係吧，牠的唾液分泌十分旺盛，所以阿椿離開之後，地板會留下十分明顯的唾液痕跡。從這一連串的特徵看來，我推測阿椿的個性應該很急躁。雖然這些細瑣的小事刺激著我對牠的想像，然而始終還是沒有把握斷定牠是公是母，總之，要描繪出一隻街貓的輪廓，真不容易。

原本投射在阿椿身上對茶花女的想像已退去大半，見了牠性急浮躁的模樣，會覺得牠接近椿三十郎多一點，然而這世上急躁的女性當然也很多，所以也絕對無法以此來論定牠的性別。

即使如此，可以確定的是阿椿對我們家的小心警戒正一寸一寸地放鬆。看起來對阿椿而言，畫分室內戶外的那條門軌既不是結界也沒有什麼特別的意義，我是從牠毫無畏懼猶豫，一下就從拉門那頭跳進來，還有對於遠遠看著牠的我們，不動聲色地縮短距離而推論的，也許最根本的理由是阿椿察知原來太太很喜歡牠的叫聲。

太太因為對苦艾酒的愛太深刻，對跟苦艾酒有幾分神似的阿椿確實是較特別。這不論對太太也好，對阿椿也好都是好事，然而我卻對阿椿成為阿健強敵的那一天正步步逼近而有一抹不安揮之不去，那一天會有多快降臨，就看阿健老去的速度而

1 日本職業摔角手，一九七〇年代遠征海外，一九七八年短暫回國舉行凱旋表演賽。

定了。

與其說是夏拉蘭或阿椿的體型突然變大，不如說是阿健因年齡或是生病狀況不佳更顯衰老。不論是牠與夏拉蘭在圍牆上對峙時的畫面還是阿椿狼吞虎嚥的吃法或是最近愈顯敏捷的動作，因阿健衰老而感到的憂慮更是在我心頭不斷膨脹。

除了牠們之外，來我家的還有一隻戴著項圈，身形龐大的茶虎，以及另一隻尚且年輕但有活力的黑底黃斑傢伙，這兩隻雖然還不能判定性別，但牠們今後也很有可能成為阿健強大的對手。

況且，阿健的敵人並不僅限於會到我家庭院裡走動的貓而已，跳出我家圍牆出去之後，一直以來阿健都將這一帶納入牠的地盤，如地頭蛇般睥睨四方，要休息時一定是回到自己的祕密基地去。在牠巡視途中誰也不知道會不會突然跳出牠過去打敗的敵手，有天突然練成了，要來找牠討回一架。

萬一，那些手下敗將若是聯合起來，將阿健包圍住，以多打少……我腦中一直浮現森之石松[2]在閻魔堂[3]遭到圍攻的景況，大致已能想像阿健最終的結局了。會回想起這些浪花節[4]的橋段，正是我小時候在清水港與祖母兩人相依為命的生活，至今仍在我心中餘韻不絕，影響長遠的證據。

2　活躍於幕末時代的俠客，清水次郎長的小弟。雖愛喝酒鬧事賭博，但為人講義氣、富人情，因個性顯著而成為藝曲中時常出現的角色。

3　供奉閻羅王的殿堂。

4　日本一種說唱藝術，一人邊說唱邊彈著三味線伴奏。

第十五章 重傷與打鼾

那天我不經意朝拉門外頭一看，發現阿健隔著玻璃深深地望向我，那時是半夜一點多的時刻。從牠的樣子看上去，感覺牠很早就已經在那兒，一直等著我看到牠，與牠四眼相對。

又打了架回來嗎？我懷著這樣的心情去拿飼料，走向拉門打開一看，看到阿健的臉跟平常不太一樣。

最近阿健感冒時，常垂著鼻涕貼在唇邊，或是眼淚濡溼了臉頰毛緊貼在臉上，

讓人不禁想問牠從前那張俊美的臉龐哪裡去了。又因為鼻水的關係，每次呼吸都會發出像是阻塞的笛子般斷斷續續不成調的聲響。在外流浪加上有病在身，這個時候牠會特別瘦。這麼一來，阿健就不像阿健了啊……我忍不住想要吐槽。阿健已成了武士電影中的老俠客，有時甚至更進一步化身為夜裡賣蕎麥麵的阿源。

從阿健變阿源……太太聽到一定立刻反對吧，畢竟她是以螢幕中高倉健的形象，想像著一名俊美男子穿著率性休閒和服之模樣為阿健取這個名字。感冒時的阿健整隻貓像是變了身，連長相都不一樣了。這樣的變化若要說習慣，也確實漸漸習慣了，然而今晚阿健的異樣又很明顯地跟感冒時大不相同。

我拉開紗門，也點上庭院的燈，終於明白為何阿健看來不太一樣了。牠的左半邊臉頰大半染上血跡，原本白色的毛變成了暗黑色，這變化大到我幾乎完全無法想像牠是我所認識的阿健，嚇得我倒退一步。

阿健不知是從哪裡才好不容易來到我家，但看起來不像是來要東西吃，給我的感覺是牠在無意識的狀態下，於黑暗中四處遊盪，偶然來到自己熟悉的地方。

再定睛仔細一看，阿健的左耳垂了下來，耳朵根部有很大一片深深的傷口。左耳下垂、左臉頰沾滿了血，這是為何阿健看起來像是換了張臉的緣故。

之前，阿健跨過門軌走進我們家來，亦即打破了身為野貓的原則、跨出野貓的結界那時，我也是驚訝得說不出話來。我繼續保持與阿健四目相交，擔心太太會心慌意亂，便以命令的口吻要求她在地板鋪上舊報紙。太太照著我的話鋪好後，又去冰箱找東西，放進鍋中加水，置於瓦斯爐上開火。這一連串動作我都是維持著與阿健對看的狀態下，背對著太太感覺到的。我發現阿健藍色的眼瞳張得好大好圓。我在鋪設報紙的後方緩緩後退，然後輕輕敲地板，想把牠引到屋子裡來。下一秒，阿健像是要確認我的眼般，後腳用力，前腳撐著，搖搖晃晃地踏進屋裡來。對當下的阿健而言，跨過門軌已跟打破野貓的原則或是走出結界什麼的都無關了。

阿健一進到屋裡，我便清楚看到牠的傷口。阿健的耳朵根部被對方深深地咬住，耳朵撕裂到幾乎快要掉下來，十分嚴重。剛才我以為牠是耳朵下垂，現在看來是外層的皮被剝掉，結構上應該沒有太大問題，但說沒問題，被剝掉皮露出白色軟骨的副耳一帶感覺很痛很痛。

阿健似乎知道舊報紙是為牠而鋪的，自行走上去之後，隨即癱軟倒下。太太認為牠現在應該無法咀嚼，為牠煮了魚湯，阿健卻連聞的力氣都沒有。

整個倒在報紙上的阿健，嘴巴半開著呼吸，似乎很痛苦。也跟先前一樣，呼吸聲有如吹著破損的笛子，尾音拉長。粉嫩豔麗的嘴唇，在牠悲慘的姿態下又更顯眼。

我們只能這樣在一旁守護著牠，無法替牠做什麼。我相信如果我們伸手去碰牠，牠就算用盡最後的力量，也會本能地伸出爪子抵抗，並且再次走回那危險的夜路之中，現在牠願意在這裡待著，好好休息喘口氣便行了，我們只能這麼想。阿健一定知道我們會明白，才在我們面前展現牠脆弱的一面吧。

阿健放空的眼神，游移地看向天花板一陣之後，終於還是半張著嘴睡著，開始打鼾了。我本想轉頭跟太太說「阿健在打鼾了」，但話說到一半就停了下來。因為我太感動，話中竟夾帶著哭腔，為了不讓太太發現，我趕緊把話吞了回去。

我看著睡到打鼾的阿健，為了當下這個可以證明身為野貓的牠願意相信我們到這個程度的場面而感動得連聲音都出不來了。擁有狂野靈魂而警戒心重的阿健現在正在我們家的地板上睡到打鼾，雖然牠身受重傷，卻願意卸下所有的警戒，來到我們面前，坦率展現牠羸弱的姿態，這當然也是我們第一次見到牠這個樣子。

我立即想到，這或許就是阿健不輕易讓人看到的一面。然而現在是緊急時刻，不管再怎麼凶暴的黑道大哥，在手術中也只能完全無防備地將自己交給醫生了。這一幕不論是對我自己或是對阿健，我都有很多想說的話在腦海裡轉。

太太將煮好的湯倒進容器，置於桌上放涼；我則翻著無心要讀的雜誌，盡可能不朝阿健看去。在這個關上電視的房間裡，只有阿健吹著破笛子般的呼吸聲持續響著。

阿健睡了約一個半小時之後，看起來像是想要起身。我不清楚這段時間牠是一直睡著，還是不時醒來察看我們在做什麼。牠身體橫躺，僅有頸部以上稍微抬起。

太太將那盤冷掉的魚湯推到阿健的鼻子前面，阿健身體微微緊繃，又照例擺出牠困惑的表情：「不要多管閒事！」

但是之後當牠把鼻子湊向那盤子時，又像是在說「既然都做了，就讓你請吧」的感覺，聞著聞著便將臉伸進盤子裡，舌頭一伸一縮地喝起湯來。不知道是不是湯的味道太合胃口，竟然趕忙撐起前肢站了起來，重新調整好姿勢，再繼續伸舌將湯捲進口中，重複這動作吸著湯。太太看到這一幕，朝我小小地做了個握拳的勝利姿勢，味道調得好確實讓她立了大功。

阿健喝了大半的湯之後，又再次回到舊報紙上躺著，不過跟剛才痛苦喘息的樣子完全不一樣，現在的牠，姿態比較像是任性賴著不走。阿健繼續吹著破笛，陷入沉睡。只是這時的阿健散發出一種氣息，像是邊打呼邊不停問自己到底為何會在這兒呢？

大約隔了二十分鐘之後，阿健起身將剩下的湯喝掉，再交互看向我和太太，一直蹲在原地，一臉「剛才突然撐起前腳，果然是忍著痛」的樣子，內心大概是糾結著「要是說謝謝，之後就會變成習慣，但不說又顯得沒道義」吧，雖是面無表情卻又十分有戲。

不久阿健大概是覺得一直待在這兒也不是辦法，便緩緩左搖右晃起身，像是拄著拐杖的老俠客，慌張跨過門軌走到庭院去，然後朝著牠往常出現的方向相反之處，慢步走去。在即將消失的前一刻，阿健還回頭朝屋裡望了一眼。我擅自替牠的這一幕配上一句內心的旁白：「本大爺可是不會說謝謝的。」阿健照例舉起左手揮拳朝天空抓了兩下之後，就不知朝哪裡去了。

太太與我在關上紗門與拉門之後，才呼地吐了一口氣，追著阿健的殘影般將目光投向庭院。

阿健受了那麼重的傷，雖然一時來到我家躺下、喝了些湯，最後還是朝著某處而去，更顯出牠堅毅的雄性本色。耳朵根部受了重傷，換句話說不是背後而是顏面受傷，證明已屆高齡的阿健仍勇敢地正面迎向對方的攻擊。只是阿健自己一定也自覺力氣僅剩不多。只是一日身為野貓，在自己的地盤內遇上敵人，當然不能逃跑，只有上前一戰了，除此之外沒有其他生存的辦法。

阿健在報紙上睡了一覺，醒來又喝了太太為牠煮的魚湯，感覺應該多少恢復了些體力。睡了一個半小時，喝了湯，再睡二十分鐘左右，這是阿健在我們家實實在在度過的時間，雖然我們心中都還留著些許的遺憾，希望「在你所剩無幾的時間，就這麼一直待在這裡也無妨。」然而阿健像是要連這麼一點點的感傷也一併切割似地，毅然走回野生的黑暗之中。牠雖然二度跨過我們家的門軌，但心中並沒有放棄身為野貓的原則與結界，將生存之軸牢牢釘在野生之界的決心，讓阿健的風範一直一直殘留在我家庭院裡，久久不散。

第十六章 淡出

阿健那次身受重傷過了一陣子之後，副耳才慢慢長出淡淡如胎毛般的細毛。那細毛要長到蓋住整個耳朵，長出薄薄的新皮，恢復到接近以前的面貌，看來還需要一段不短的時間。然後不知道是不是冬天的關係，阿健一樣動不動就感冒，常常吸著鼻子。

就算硬派如阿健，也多少還是要過得養生一點，要不就是牠減少外出，或是盡量不再打架，因此雖然偶爾還是會出現蒸氣火車經過般的震天價響，但看看前後的樣子似乎沒有阿健參與其中。

阿健有時會來到我們家庭院，但似乎已經不太可能像以前那樣從圍牆上的老地方一躍而下，只好走過圍牆繞了遠路，先緩緩地踏著建物外已不再使用的舊暖爐，才慢慢跳到地面，這陣子牠似乎都因循著這樣的路徑而行。只是不管我們如何打開紗門及拉門，在地上鋪著舊報紙招呼，牠也不再跨過門軌來。

第一次，不知道是不是受到風和日麗的大好天氣感召，牠像是走進未知的迷宮裡迷迷糊糊地現身，只在屋裡轉了一圈，又像個走錯路的老人咻地一下就走了出去。那時的阿健給人一種打破了野貓的原則走出結界而來的感覺，渾身散發著神祕的氣息。

接著第二次是某日深夜牠身負重傷，艱難地走到我家。那時牠在屋子裡待了一陣子，原本幾乎要耗盡的體力稍微恢復，就像是（受傷的俠客）在藏身的魚店或是神社的中堂療傷，或是泡了可治外傷的溫泉之後離去。那時的背影看上去如此堅毅，顯示出牠揚棄了待在我家的安逸，選擇了野貓的嚴酷生存之道。

阿健跨入我家門軌就這麼兩次，之後雖然再也沒有進到屋裡來，不過後來牠再來到庭院時，看著我們的眼有著以前所沒有的、近似親密的情感顯露其中。不知道是因為隨著年紀增長而多了一份柔軟，還是牠也已經進入不再無謂浪費氣力的境界了？總之後來的阿健讓我有這樣的感覺。

只是阿健是野貓這件事始終沒有改變，只要走在牠的地盤裡就不時伴隨著危險，這是牠命中注定的生存方法，牠很清楚這條路只能這麼走下去，別無他法。即使如此，那一陣子牠面對我們的神情較以往溫和沉穩，也許是對我們打開心房的結果，而打開牠心房的原因，回溯前後的因果關係，應該就是牠兩次跨過門軌的「事件」吧。

我們原本將阿健當成養在外頭的貓，然而以阿健的立場而言，才沒有這麼簡單。對牠來說，我們家只是牠可以吃到東西的幾戶人家之一，若因此就要被當作是誰家養在外頭的貓，牠可一點都不承認。

然而我認為，經過那兩次「事件」之後，阿健與我們家的關係起了微妙的變化。雖然阿健經歷了那兩次「事件」，依舊沒有起心動念想要住進我們家，可是已不能說牠完全沒有是我們家養在外面的貓的感覺。或許這又是我自己將貓擬人化的毛病作祟而擅自推演的解釋，只不過從阿健的表情，確實讓我汲取到足以這麼認為的理由。

可是出現這麼微妙的變化，不就表示身為野貓的阿健已拔去野性之牙了嗎？這又讓我擔心不已。唉，我的思緒真是一轉再轉。

參與一隻貓的生命，理想的狀態是在乳貓時與牠相遇，照護牠到生命的盡頭。苦艾酒正是這樣的例子，我們盡情享受了苦艾酒仍是小小貓時的天真無邪、幼稚可愛，深深著迷於牠成貓時的活潑好動與悠然自得的神情，細細品味了牠老年的風範與衰弱，最後為牠從容走向死亡而感動。

即使是自己的孩子，人也無法看顧著一個人完整的一生。從孩子的立場來看，不僅不清楚父母年輕時的模樣，對於父母年幼時期更只能靠傳聞想像。唯有與動物一同生活，才使得我們有機會守護著一個生命的起與滅。與苦艾酒一起走過的二十一年，就不斷讓我們看見牠不同時期生命況味之變化。

在野貓身上，要看顧其一生更是不可能，然而從牠們任意出現在我們眼前的那一幕開始，這些仰賴人而生的動物便展現著生存毫無保障，只得每一刻戰戰兢兢於野外度過的生活切面。我們雖然只能從這些切面去想像其生存背後的情況，然而彼此也藉此結下了一期一會的緣分。

當一隻街貓其實是戴有項圈的家貓，我們與牠僅有少數的機會接觸，然而卻也可以從項圈作為出發，推想牠們是生長於怎樣的環境，因每家不同的方式養育出來的貓，展現出各自的特色，激發著我在腦中描繪想像，不論哪一隻身上，都散發出一種完全有別於電視劇中的家庭之味。

身為野貓的阿健，在這十六、七年之間展現牠波瀾萬丈生活的各個切面，如今牠這角頭老大已走到接近老殘的末路，放射出無與倫比的殘光。

阿健與從小就被人撿回家養的貓有著極大的差異，是在那兩個「事件」之中才顯現出來。在那兩個事件發生時，阿健越過門軌，進到我們家來，即使牠只待了一下子又再度跨出門軌而去，應該也已是牠生命中不可承受之重。

第一次是牠失了魂，毫不猶豫就進到我家來，正當牠對自己這樣的行為感到困惑時，很快回了神，下一秒馬上假裝一切都是在演戲，趁著我們都還呆呆搞不清楚狀況，便飄然跨出門軌走回自己的世界，那感覺就像原本在踩不到底的泥沼中突然碰到岸，趕緊雙手一撐就起身脫困而鬆了一口氣。

接著第二次跨越門軌時的阿健，因身受重傷，處在瀕臨生命能源即將熄滅的狀態下，已顧不得、無法再堅持野貓的意志與矜持，即使如此，最後牠還是拚命擠出力氣，重新站了起來，朝結界的另一側走回去。

這兩次事件，展現出阿健在野外生存下的堅強姿態，映在我們眼中，在那背後的真正意義，我們不可能完全掌握，然而我永遠都想多理解正緩緩走向生命最終幕的阿健，我想今後也不會打消想從牠那兒汲取到什麼的意圖吧。只是我得有相當的心理準備，假設還會有第三次的「事件」發生……同樣的想法，恐怕也在太太的心中低徊著吧。

許久不見的阿健終於出現在我們面前，耳朵還是被血染紅著，不過不是因為打架被咬傷，而看來是受不了傷口癒合時發癢，忍不住去搔癢而抓出來的新傷。「活該？我自己知道。」阿健那一臉不辯解的表情實在太棒。在陽光照射下，副耳的形狀大致已經恢復，還牠一張俊美的面相。

阿健很快地已完全棄絕需要咀嚼的飼料，可能是感冒鼻塞的關係吧，就連鰹魚肉的味道也聞不出來了。這麼說來，自從冬天以來，阿健一直不斷重複在感冒，為了替牠補補身，太太在給牠的鰹魚肉上撒了些柴魚粉，牠這才終於肯吃，太太多少放心了些。

不過，對於現在的阿健而言，我想吃已不再重要，而是在陽光灑落的庭院裡，好好休息一段時間，可以小睡一番，忽然起身看看周邊的狀況，再將下巴置於前肢，不看向哪裡只專心發呆……能夠有這樣的悠閒時光應是最能讓牠開心的生活方式吧。

阿健有時還會帶著剛打完架的氣勢而來，但不知道是不是為了保護已成了牠弱點的耳朵上的傷口，右腹一帶可見到一條很深、像是傷痕的線。然而阿健的表情卻是志得意滿，大概是久違地小試身手，嘗到寶刀未老的滋味而心情大好吧。

可是牠的左前肢卻是完全不著地，只以三隻腳行走，這實在太令人擔心了。牠舉起左前肢朝天抓，我以為是像老牌演員那樣故意擺出的姿態，但現在看來應該是很久以前受過傷，才會產生那樣的動作。現在的阿健已經連將前腳併攏正坐、等待飼料的姿勢都做不到，得一直舉著左前腳。

這天，阿健以舌頭輕捲，多少吃了些撒了柴魚粉的鰹魚肉，牠粉嫩的嘴邊與鬍鬚都沾上柴魚粉，如果能幫牠把柴魚粉擦乾淨，就能恢復還看得出往昔俊美的臉，但這樣做一定會傷及牠的自尊，況且只要稍微將手往前伸，就會被阿健狠狠瞪。

我雖然擔心牠右腹部那條深線般的傷口，不過看起來是過去的傷痕，隨著牠的不同姿勢而若隱若現。會留下這麼深的傷痕，想必當初傷勢十分嚴重。而牠伸出左手朝天空抓的動作說不定也是這個傷造成的後遺症，我咀嚼著這苦澀的想法。

我上樓到書房去寫了些稿子之後又回到起居室，朝庭院一望，阿健已不見蹤影。

狂亂的寒風中，阿健搖搖晃晃幾乎站不住腳，好不容易才抵達紗門外，看到這情景，我才想起今天有強風警報啊。阿健的腳步原本就不太穩，今天的風恐怕讓牠更加辛苦吧。每有強風吹襲時，周邊三方的鄰居家與我家的房子之間便會產生大樓風，阿健走的那條路線便是大樓風最強勁之處。

這次阿健的出現距離上回已有兩週左右，我打開紗門與拉門，看見阿健身上的花色，嚇了一大跳。以前從牠左眼上方經過頭到背上一部分直達尾巴都是黑色的，再細看那黑色之中還帶著直條紋。

然而現在阿健黑色的部分已像是被橡皮擦擦過似地顏色變得很淡，說是灰色更像是沾滿灰塵的灰撲撲，而且身上的毛非常稀疏，都看得到原本應是被毛覆蓋於下的皮膚了。

我首先浮現的憂慮是皮膚病。阿健睡覺的地方至今仍是個謎，不過可以確定不是在室內，也許是哪棟房子的廊下或是倉庫邊的小角落也說不定，總之，一定不是特別乾淨的場所，可想而知，就算有壁蝨、跳蚤等寄生蟲侵蝕牠的身體，也不是不可能的。對此，連要活著都已經得用盡全力的阿健，自然沒有多餘的力氣再來打理自己。

可是對牠投藥，這種積極作法對身為野貓的阿健而言是行不通的。此外，不知是不是因為毛變稀薄了，阿健看來又更瘦了。我十分憂心卻又完全束手無策。

阿健原本是黑色的尾巴，現在變白了，且又因為毛變少，使得牠的尾巴看上去像是折彎的電線。還看得到的黑色已愈來愈不明顯，所幸牠俊美的長相還是不變，散發出一股難以言喻的氣勢。那氣勢不是一般凶神惡煞，而是讓人聯想到連眉毛都剃掉的光頭大鏢客，一肚子不爽的模樣。

阿健原本具有從俊美男子瞬間翻臉成為惡鬼的驚人氣勢，然而現在的牠已經漸漸失去那樣的精力，無法自在變換表情。

從目中無人的黑道老大，到穿著破爛浴衣的老賭徒，變成夜間擔著攤子出來賣蕎麥麵的老人，再搖身一變成為操弄怪異妖術的法師……阿健展現在我們面前的形象一步步崩壞，每個特徵都非常顯而易見。

然而不管牠究竟知不知道自己外形的轉變，阿健仍維持著牠強大的氣勢，在紗門前確實併著雙手，收攏尾巴，一副正式拜碼頭的模樣。

只是牠的身軀消瘦，褪色的毛像被橡皮擦擦去顏色，尾巴細如電線，老是舉著無法著地的左前肢更是背叛了牠的意志。阿健外形變化之大，要是在人群雜沓中與牠擦身而過，恐怕會讓人認不出來，只有目光仍秉力維持著原來的炯炯有神，真不愧是阿健。

阿健似乎不像以前那般在意自己是以怎樣的姿態出現在我們面前，只是食欲及咀嚼能力的衰退直接影響了牠身體的消瘦程度。太太連撒上柴魚粉的鰹魚肉都不做了，直接將熬好的魚湯放涼，倒在小盤子裡，放在庭院給牠。

阿健每次以舌頭一點一點捲起魚湯喝到最後，就會像是想起什麼似地突然抬頭，只有這個時候，左前肢會著地，雙手併攏按在紅磚走道上，像是歌舞伎的演員謝幕般，直直地望向我們。

這究竟是為什麼呢？我不解，卻又覺得我必須看著牠這樣的姿態直到最後。不禁將苦艾酒在紙箱中拚命撐起身體，併起雙手，有如身穿白無垢的新娘向父母道別時的模樣重疊在一起，我連忙將這不祥的想法揮去。

快到傍晚時，發現阿健的身影停駐在庭院裡，太太反射性地往冰箱跑去，快手煮了碗魚湯倒到盤子裡，再對著盤內吹氣讓湯能早一點變涼。阿健身上的黑白對比似乎較先前稍微明顯了，是身體恢復的徵兆吧，我這麼解讀。還有也感覺到牠大幅消瘦的身軀也一點一點地胖了回來。感冒還是一直沒好，眼屎依然很明顯，鼻涕仍垂掛到嘴邊，呼吸時發出破笛聲，但至少目光仍舊十分有神。這天的阿健朝著過去從來沒有走去的方向，緩步淡出我的視線之外。

那天晚上，我們正在收看衛星電視節目《神探可倫坡》，完全沒注意到阿健現身在紗門外。牠因不耐長時間等待、我們竟都沒發現牠，不知做了啥動作，一股反作用力下，使牠跳起兩爪掛在紗門上。已好久沒有看到牠這樣直立抓在紗門上的模樣，兩前肢掛在紗網上，半站立，朝我們露出肚子，像個小孩子般的阿健，真令人懷念啊。

但也由於牠的臉朝上，我才發現，牠前面幾根牙齒都已經掉得差不多了。先前竟然都沒注意到，我真是太疏忽，難怪阿健的面相看起來已不太一樣，一定跟這有關。阿健明明已沒有牙齒，嘴巴還動個不停，上唇無法完整閉合，臉的下半部臃腫。

唉喲，以前那張俊美的帥臉哪兒去了啊？我懷著這樣的心思偷瞄阿健時，牠剛好從半開的粉紅色嫩唇之間擠出叫聲，那是我第一次聽到阿健的叫聲，原來叫起來跟其他貓兒一樣啊，我竟感到新鮮。

阿健對於還在那兒驚訝的我很不爽，一臉凶狠，左前肢從紗門上拔下來，背對，回頭直望著我。原來的阿健，以慢到令人害怕的速度，從黑暗中的黑暗，深淵中的深處，底層下的底層，緩緩復活了。

尾聲

過年後，最早在我家庭院裡現身的是Leon，牠的腳步給我的感覺像是「年菜一吃再吃，差不多膩了，該開始寫稿了，就讓我來陪你開工吧」。Leon走進開著的拉門，只吃了一點飼料之後，便催促著我幫牠帶路，從玄關通過走廊，爬上樓梯，直達二樓，朝書房書桌上的草編圓墊而來。

離截稿日期還有一段時間，不過我也可以先寫一下那份只需三張稿紙的專欄文章好了。在Leon的催促之下，我坐下來寫稿，Leon則是在草編圓墊上將身體蜷起，

睡了一陣子才回家，時間剛好是我寫完三張稿紙的時候。

值得一提的是，Leon上下樓梯的模樣，現在看來與其說是像瑪麗蓮・夢露的性感臺步，不如說是已有些年紀的珍妮・摩露[1]優雅的步伐。

此外，我們家庭院又有新人報到。沒戴項圈，從氣質上感覺像是野貓。雖然還是小貓，但肥肥短短的身材，黑多於白的黑白毛色，不禁讓人聯想到是從江戶時代的畫中走出來的貓。咪咪咪地連續的叫聲竟是奇妙的低調，我立刻為牠取名為「Alto」[2]。當然也沒辦法判別是公是母。總覺得牠應該沒多久就會跑到屋裡來。太太似乎還滿喜歡牠的個性，今後Alto會採取怎樣的生存策略，我打算好好觀察下去。

1　Jeanne Moreau，法國女演員、歌手、導演，曾經是法國新浪潮時期相當受歡迎、亦是歐洲許多大導演的繆思女神。

2　日本鈴木汽車旗下的一款輕型車，外形方方正正，車身短，看上去正是肥肥短短的模樣。

夏拉蘭，不，是佐曾羅，看來牠與阿椿明顯成了競爭對手。夏拉蘭來到庭院待了一下，前腳才走，阿椿後腳就跟進，吃沒兩口飼料，又急急在意起周邊的情況，快步離去。接著夏拉蘭又再度現身，追著阿椿離去的身影確認牠走了之後，自己才朝T家的方向回去。等著這一刻來臨的阿椿又再出現，將剛才吃了兩口的飼料掃平之後才真正離開。牠們再加上戴著項圈、身形壯碩的茶虎，咖啡色還沒取名的無名貓，以及新來的Alto，來到我家的街貓名單大致底定。

早先是袖萩的權勢席捲四方，後來由阿健取而代之，現在又有年輕一代漸漸抬頭。雖然榮枯盛衰乃世之常情，卻也演繹著與家貓不太一樣、因著我們與這些街貓之間的緣分串起的故事。街貓身上總散發出一種生命無常觀，大概也是由此而來的吧。

不過，話說回來，阿椿究竟是公是母，至今依然無法掌握，顯然我們跟這些街貓的關係仍然不是非常親密。

阿健從過年之後至今仍未現身，下次牠來的時候，會恢復到比以前更有精神，還是更加消瘦，變得瘦骨嶙峋？想到阿健如今在某處靜靜待著，等待時間從牠身上流過，等待舉白旗的時候來臨，牠那雙炯炯有神的眼睛便浮現在我眼前。思及此，我將視線投往可能是阿健祕密基地的那間數寄屋構造的大戶人家時，確實聽到咚、咚、咚的鼓聲又再度於虛空中響起。

後記

從我寫《苦艾酒物語》算起，已經十五年過去了。這麼說來，我家的一員——苦艾酒去世至今，也已過了十六個年頭。這段期間可以說是轉眼就過，又覺得好像是好久好久以前的事。總之，苦艾酒的死，不論是對我還是太太而言，都是人生中非常重大的一件事。

太太因為苦艾酒而開啟了心眼，對於「貓」有著強烈的好奇心，不論是認識的人家裡還是街上隨處遇見的貓兒，她都給予熱烈的關愛，不知是否與為了轉移苦艾酒離去而造成的失落感有關。

相對的，我在苦艾酒死後，反而是對世上的貓都保持距離。雖然在動物學的分類上苦艾酒確實是貓，然而也許是我在心中不斷對自己說「苦艾酒是苦艾酒，不是貓」，才會產生這樣的反應吧。

因此，我們一直無法下定決心再次與貓一同生活，這樣的心情至今仍舊沒變。若迎來新的貓兒，展開新生活，這隻新的貓就會成為苦艾酒的替代品，如此一來，不論是對於被取代的苦艾酒或是被當成替代品的新貓來說，總覺得很失禮。這想法說來有些誇張，但我們隱約有預感會再次跟貓一同生活。

即使苦艾酒走了，我們還是跟以前一樣拿飼料給來到我們家庭院的貓兒享用。這也是一種對於透過玻璃門，跟只能在屋裡度日的苦艾酒做朋友的孩子們一點小小的心意。來訪的貓之中，也有讓我們十分傾心的，然而卻從未想過要留牠在家中。

此外，與苦艾酒還在世時一樣，對於來訪的貓兒我們總會替牠們取名字的習慣還是持續著。有時是太太，有時是我取的名字，不過我們命名的方法總是很隨興，有點像是以第一印象吟詠一句詩的感覺。只不過，假設我們一旦替一隻貓取名為阿玉，那牠就再也不是隨便的一隻貓，而是一隻名為阿玉的貓，這麼理所當然的事情，我們竟然有天才突然認知到。現在會出現在我家庭院裡的有夏拉蘭（這名字的由來在前文有詳細說明）、阿椿、Leon、茶虎、Alto，以及尚未取名的一隻黑褐虎斑貓，此外還有一隻絕對不可能生活在屋裡的野貓，也是本書書名由來的阿健。

阿健是隻融合了俊美與狂暴，好逞凶鬥狠的野貓，對其他貓而言非常具有威脅性。不過在我們為牠命名為阿健之後，牠已不是一隻貓而是阿健的念頭也就這麼啟動了，因此太太與我開始觀賞野貓阿健的種種生存面貌，看著看著便深深為牠著迷。

阿健不知是從何處來到我們家，每次被我們喊著「阿健阿健」時，總是一臉嫌煩的樣子，覺得難吃但勉強入口似地吃了飼料之後，依舊維持著警戒，不卑不亢地朝某處而去。牠帶有一種魅力，與一輩子只在家中生活的苦艾酒帶給我們的各種感動完全不一樣，是氣勢驚人、充滿野性的醍醐味。

以在室內活了一輩子的苦艾酒作為反射鏡，野貓阿健在野外積累著生存時光，我想要試著走進牠這座迷宮，一探其生命風景，這樣的想法日漸膨脹，於是推動我著手寫下這部作品。

就在這本書完稿後的十日，東日本發生了三一一大地震，地盤激烈搖動的那一瞬間，我與太太兩人正在家中，我反射性地伸出一手打開平日餵外面的貓時會拉開的那扇玻璃拉門，一手扶著電視機，然後屈著身體。確認了太太正撐著碗盤櫃之後，我將目光移向庭院裡一望，庭中的樹木轟隆作響，地面恍若海面打著激烈波浪般上下起伏，那詭異的光景至今仍烙印在我眼簾。

最後確認太太位於岩手縣的老家家人與親戚，還有在一之關的朋友全都平安無事，已是地震後五天的事了。根據好不容易取得聯絡的當地人描述，與電視畫面時時刻刻轉播而來的慘狀有些落差，我邊對於受災最嚴重地區的東北人顧慮他人感受的用心有深刻的感觸，一方面又因恐怖的核心之中有股無法捉摸的焦慮而感到困惑。在這樣的時間推移之下，書房裡散亂一地的書本及一些不值錢的東西終於收拾好的同時，也校對完這本書的初稿。

之後過了一陣子，阿椿率先踩著輕盈的腳步出現，接著Leon、茶虎、夏拉蘭、Alto也依序到我們家庭院現身，我忍不住要想，牠們究竟是怎麼度過那激烈的天搖地動？

而阿健依舊不見蹤影，牠一定在某個地方休養生息，待衰退的體力慢慢恢復，磨好爪子，悄悄調整好呼吸，為下一回合登臺，起死回生的戰鬥做準備。

二〇一一年四月十日

村松友視

文庫版後記

家貓苦艾酒作為我及太太的伴侶，同在一個屋簷下生活，以二十一歲高齡之姿壽終正寢，之後阿健像是要我們注意牠的存在般，豪氣萬千地現身在眼前。

阿健是好勇善戰的街貓，踢走了苦艾酒去世後在我家庭院裡飛揚跋扈的那群野貓，一躍成為舞臺上的主角。

我從一介上班族到後來開始了慌亂的作家生涯，家貓苦艾酒一路近距離如悉觀察我手忙腳亂的生活狀況，對於在我心底蠢蠢欲動、無藥可醫的小家子氣，或是因此而生的種種陋習，牠一定時時在旁嘆氣搖頭。因此，對我而言，記憶中的苦艾酒是我無法碰觸的禁忌。《苦艾酒物語》是我這有極多外出旅行的文字工作者常不在家，僅能從有大把時間與苦艾酒一同生活的太太背後一窺情形，即刻意以在一旁窺探的視點所寫成的作品。

相對的，《野貓阿健》說起來是以我的心情為主軸，自顧自玩味著阿健身上種種謎團的方式而寫就的作品。另一方面，在這回出版文庫版的同時，我更清楚地看見因為將苦艾酒關在家中，一輩子限制牠的活動範圍所帶來的愧疚感，成了我對於一天到晚打架占地盤、自由奔放的阿健傾心的緣由，在這個意義之上，《苦艾酒物語》與《野貓阿健》可說是彼此對照的作品。

阿健狂暴的野性，使牠不僅不適合當寵物，甚至無法作為被餵食或是豢養的家貓，牠擁有成為一隻野貓，要過自由生活所需的天性。牠具有在疾風狂吹的荒野下生存的性格，颯爽的英姿，讓太太想起黑道電影中的阿健（高倉健）的身影，因而為牠取名為阿健。

我也漸漸隱約望見沒有大五郎的拜一刀、遊走在冥府魔道上不帶子的一匹狼之形象與阿健重疊。然而這樣的阿健身上也終究出現了老殘之影，打架時已不如從前無往不利，甚至連日常舉動都漸漸顯得吃力。對於這樣的阿健，我竟開始感動於牠所滲透出，一種難以用筆墨形容、老牌演員才有的味道，那心境確實也是我動筆寫下這部作品的直接原因。

阿健在三一一東日本大地震發生之前還曾在我家現身，那已成為我最後見到牠的身影。此後一直到現在，牠都未曾再度出現在我眼前。即使如此，我仍有一種期待，想看到阿健做那個舉手揮向天空的動作，和牠睥睨四方的藍眼睛，像是在說著「你該不會忘掉本大爺了吧」的表情。

話說回來，雖然是以高倉健的形象而為牠取名「野貓阿健」，但實際上牠究竟是公是母也始終沒辦法確定，對我而言，阿健依舊是個充滿謎團的幻影。

二〇一五年三月十一日

村松友視

解說

角田光代

人有ＢＣ期與ＡＣ期，即不認識貓的狀態之Before Cat期與認識貓的After Cat期。所謂認不認識，指的不是知識的有無，而是實際體驗過沒有。

本書作者村松友視自小就有養貓的經驗，是個鐵錚錚的ＡＣ期之人。然而他的夫人是一直要到家裡養了苦艾酒才認識貓的ＢＣ期之人，苦艾酒是太太人生的第一隻貓。

《苦艾酒物語》曾經暢銷一時，大家應該都不陌生。苦艾酒是公的虎斑貓，在日比谷公園被撿到，輾轉來到村松先生家，最後以二十一歲之高齡壽終正寢。苦艾酒走後，村松夫婦就再也無法養貓了，原因是若養了新的貓，便成了苦艾酒的替代品，如此一來，不論是對苦艾酒或是被當作替代品的那隻貓來說都太可憐了。然而已經經歷過ＡＣ期的兩人根本就不可能再回到沒有貓之前的生活，於是便開始了與出入他們家庭院的貓兒共生的日子，而這本書則是這些生活的紀錄。

破題便點出ＢＣ、ＡＣ是有特別用意的。這兩者之間其實有很大的差別在於ＢＣ人不把貓當一回事，在路上即使有貓經過眼前，也視而不見。然而一旦養了貓，或是與貓熟悉、親近了，進到ＡＣ期之後，突然世界裡便有了貓的存在，走在路上隨處都能看見貓，即使是掉在路邊的破布也以為是貓，發現以前讀過的小說或漫畫裡的貓都鮮活地動了起來，接著一點也不誇張地，會愛上全世界的貓，路上所有遇見的貓從此都掛在心上。一到冬天便祈求上天保祐「希望所有野貓都不要著涼」，一下雨便期望「路邊的貓都能有地方躲雨」，看到協尋貓的海報也忍不住落淚，甚至起身去找。

讀了本書便知道這些都不誇張，因為村松先生正是如此。不僅在家中庭院裡造了讓貓躲雨的小屋，還為那些僅有點頭之交的貓兒隨時備有食物。正所謂認識了一隻貓，便等於認識了全世界的貓。

我之所以能如此斷然說著這些道理，是因為我也在幾年前從ＢＣ人變成了ＡＣ人。

本書第三章引用了《苦艾酒物語》的部分內容，我讀到那篇時，正在搭電車，讀著讀著忍不住淚水潰堤，甚至嗚咽了起來，糟的是忘了帶手帕，因此是一把鼻涕一把眼淚地邊讀邊抽抽噎噎，周邊的人恐怕覺得這人怪怪的吧。如果我是ＢＣ人，應該不至於此，可能會流點鼻涕，眼睛或許會積著淚水，但不至於哭出聲來，也不會止不住淚，然而既然已成了ＡＣ人，苦艾酒便已活在我心中，牠的毛色、味道、手掌的觸感、打呼的聲音，我全都知道（即使是我的妄想也無所謂）。

此外，我也是成為ＡＣ人之後才知道，原來在外頭的貓並非一律都是野貓。首先，有種貓是有人飼養在家但任由牠自由外出的，此外還有當地人餵養的街貓，通常是經過ＴＮＲ，即去勢、結紮後原地放養。然後還有真正的野貓。這也僅是粗略的區分法，實際上附近哪隻是有人養的貓，哪隻是街貓，哪隻又是野貓，我幾乎分不出來，或許從與人親近的程度來判斷最準吧。

在村松家的庭院出入的那些貓兒應該也是如此區分。比方說統率一族的母貓袖萩或是本書的主角阿健，與人的親近度為零，便可以斷定是野貓，而Leon、夏拉蘭是可以自由外出的家貓，阿椿則應該是介於街貓與野貓之間吧。

我是在成為AC人之後才發現原來每隻貓不僅毛色不同，連長相、性格都不會一樣，本書中即細緻地描寫了這樣的差異，相信就算是BC人也會感到驚訝，原來貓是這樣一隻隻有這麼大的差別啊。書中的貓都立體而生動，各有其毛色與味道，鳴叫聲高低不同，讀者可望見登堂入室的Leon獨特的步伐，看見以香木佐曾羅為名的夏拉蘭有如名媛貴婦的身段，窺見自尊心強大的阿健在狹小的鳥籠中睡覺的可愛模樣時（真的是見文如見人），會跟著村松夫婦與我一起拚命憋著不敢笑出聲……啊啊，每一隻貓都好迷人吶！在這些個性十足的貓兒進進出出的庭院裡，季節不斷更迭，歲月漸漸積累，村松夫婦悄聲屏息地守護著這些貓的來去。

貓兒真的是突然降臨，彷彿是從異次元的那方輕輕地，突然來到。苦艾酒是如此，阿健也是。村松先生寫道「好想見見從來沒見過面的苦艾酒的親生父母」，因為這隻貓奇妙的登場方式太讓人感到意外，不可思議到要懷疑是否真的是貓生的，幾乎以為是上天派來，身負著某種使命，指示著牠要「到那戶人家裡去」而降臨的。

聽說野貓的平均壽命較家貓短上許多，然而阿健不知道是不是因為有村松家等幾戶人家供應食物，長壽得驚人。但是牠完全不親人，堅守著野貓的矜持，只是這樣的阿健終究也慢慢老了。書中描寫了自尊心極強的阿健與村松家驚人、真的可說是奇蹟般的來往事跡。有天，身負重傷的阿健出現在村松家的庭院，之後的演變展現了近乎崇高的美感，深深打動我的心，為了不驚擾到阿健，我也是跟著作者屏息才讀完這一段。雖是以靜謐的筆致淡淡描寫，卻勾勒出一部壯闊的生命之劇。

這隻貓究竟是從何處而來，肩負著怎樣的使命來到村松家的院子？我這個時候才想到這問題。明明貓就只是貓，卻讓人覺得牠只會去到與牠有緣的人身邊。然而這本書重新讓我開了眼，原來只能以前世因緣來解釋人貓關係的，不只是會發生在家裡的貓身上，即使是連摸都摸不著的野貓，也能讓我們玩味這樣奇妙的緣分。

這本書我不只想推薦給ＡＣ人，連ＢＣ人——世界裡尚未有貓出現的人，也希望能一讀。你會發現，在書中登場的貓兒，是貓又不像貓。村松先生以一種俐落爽快的筆觸描寫了降生於這個世上的我們與其他生命的種種緣分，在成長、變老的過程中，我們遇上無數的人，有些與我們親近，一生相伴，有些只是短暫地擦身而過即分離，有些分別之後仍繼續活在回憶裡，有的則是幾度分開又幾度再相逢……將這些於人之意志或意圖所抵達不了之處自行開展的奇妙緣分，託喻於貓，沉思耽溺其中。

人生散步LWH0011

野貓阿健

作　者—村松友視
譯　者—王淑儀
主　編—李宜芬
編　輯—邱淑鈴
美術設計—兒日
執行企劃—張瑋之
校　對—邱淑鈴、王淑儀

發 行 人—趙政岷
出 版 者—時報文化出版企業股份有限公司
10803台北市和平西路三段二四〇號四樓
發行專線—（〇二）二三〇六—六八四二
讀者服務專線—〇八〇〇—二三一—七〇五
（〇二）二三〇四—七一〇三
讀者服務傳真—（〇二）二三〇四—六八五八
郵撥—一九三四四七二四時報文化出版公司
信箱—台北郵政七九～九九信箱
時報悅讀網—http://www.readingtimes.com.tw
法律顧問—理律法律事務所　陳長文律師、李念祖律師
印　刷—勁達印刷有限公司
初版一刷—二〇一八年三月九日
定　價—新台幣二八〇元
（缺頁或破損的書，請寄回更換）

時報文化出版公司成立於一九七五年，
並於一九九九年股票上櫃公開發行，於二〇〇八年脫離中時集團非屬旺中，
以「尊重智慧與創意的文化事業」為信念。

野貓阿健 / 村松友視著 ; 王淑儀譯. -- 初版. -- 臺北市 : 時報文化,
2018.03
面；　公分（人生散步 ; 11）

ISBN 978-957-13-7343-0（平裝）

861.67　　　　107002705

ISBN 978-957-13-7343-0
Printed in Taiwan